JN141685

立ち上がる民衆

相州荻野山中陣屋襲撃
から自由民権運動へ

山本盛敬

奥山（山梨県大月市）
⇨
名倉（神奈川県相模原市）
⇨
日連（神奈川県相模原市）
⇨
若柳（神奈川県相模原市）
⇨
（根小屋）門人の居村ではなく関係地
⇨
小山田（東京都町田市）
⇨
小山（東京都町田市）
⇨
図師（東京都町田市）

結城四郎の門人獲得（甲斐から相模、武蔵へ）筆者作成

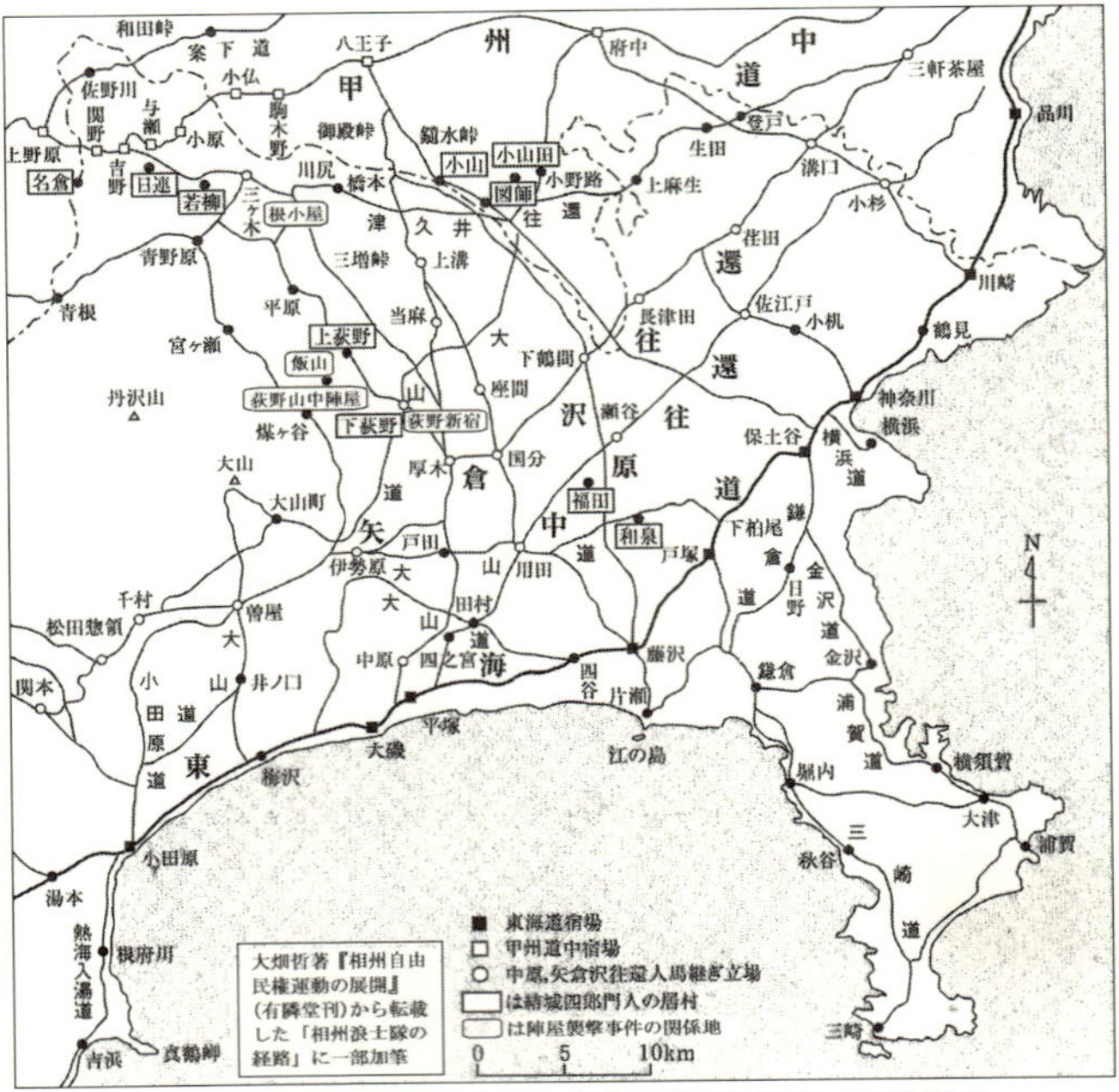

結城四郎の門人分布及び陣屋襲撃事件の関係地

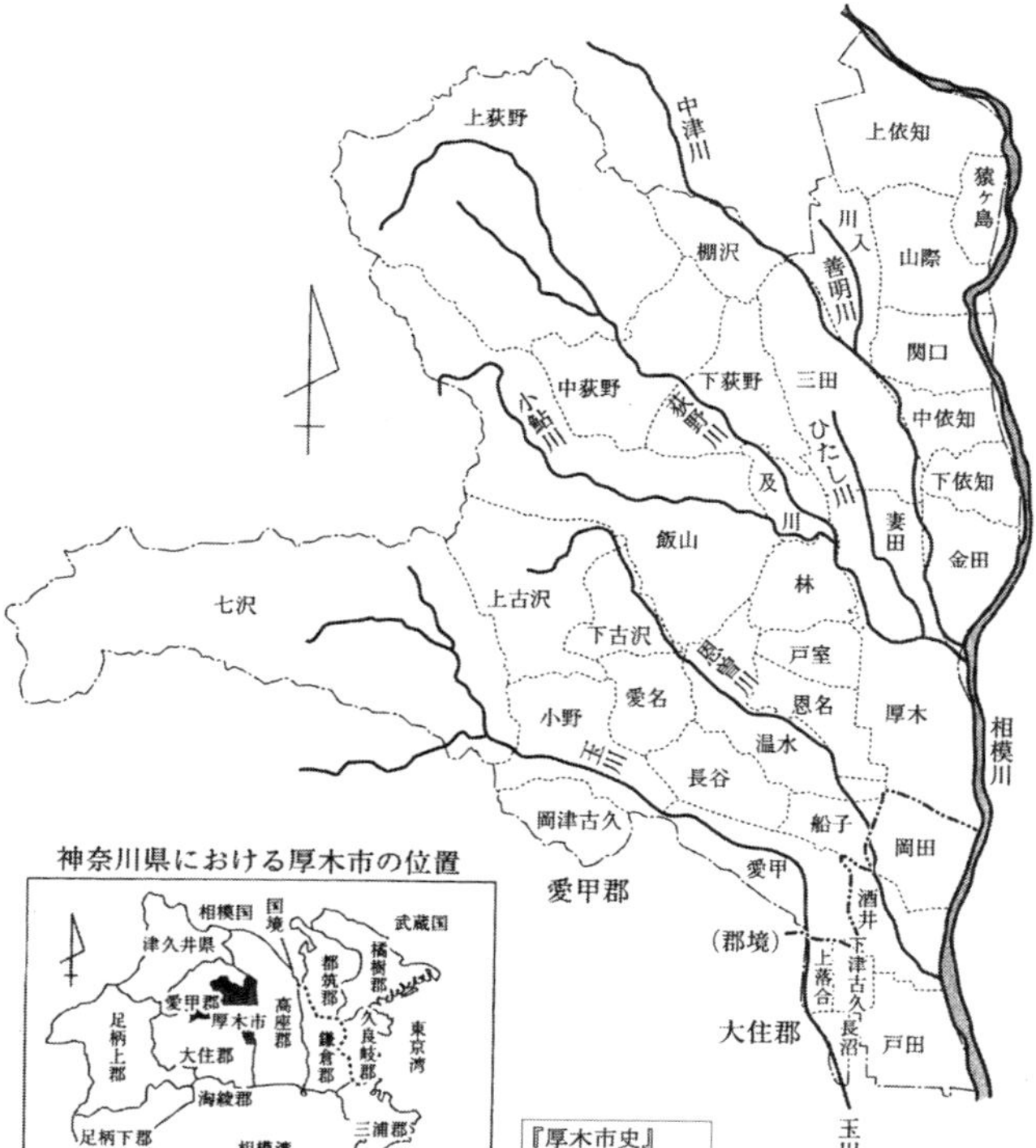

厚木市域旧36か村及び河川一覧図

荻野新宿の商家

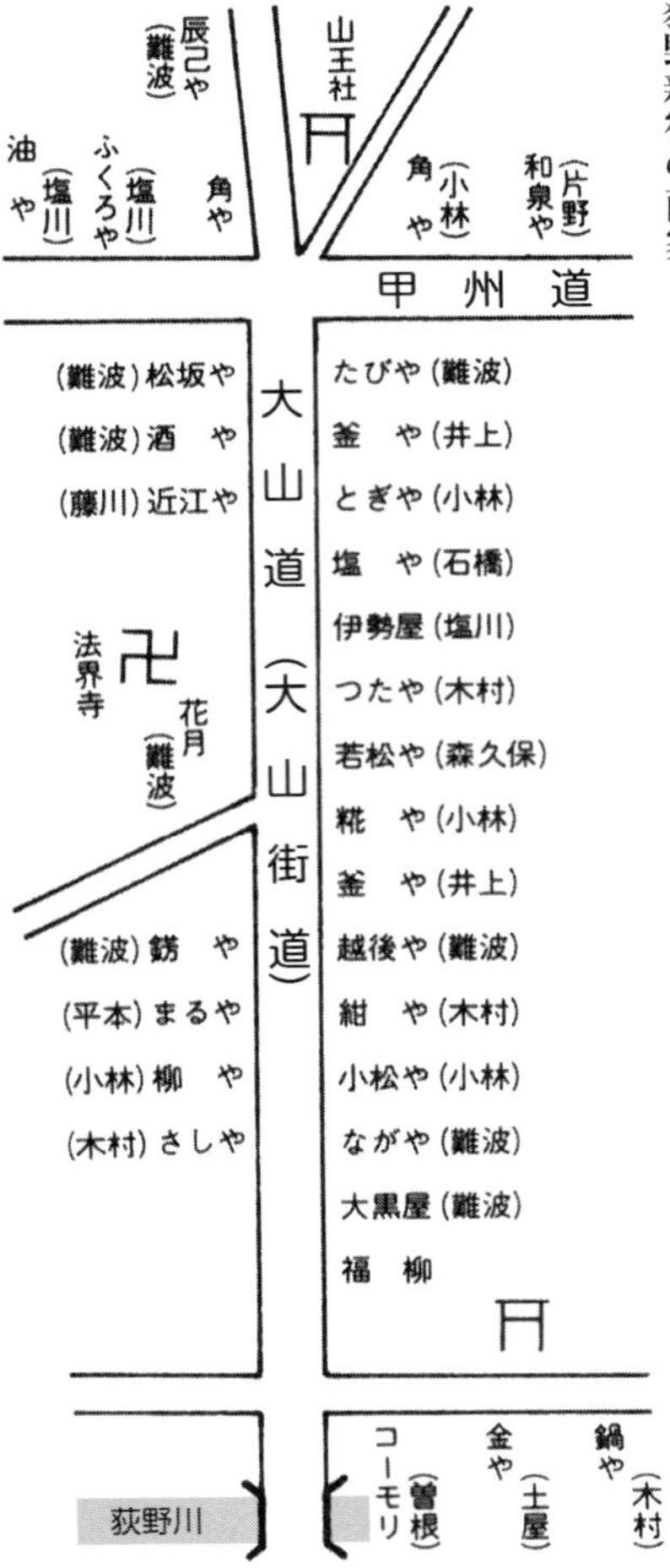

『厚木近世史話』（厚木市史編纂委員会編）より転載、一部加工

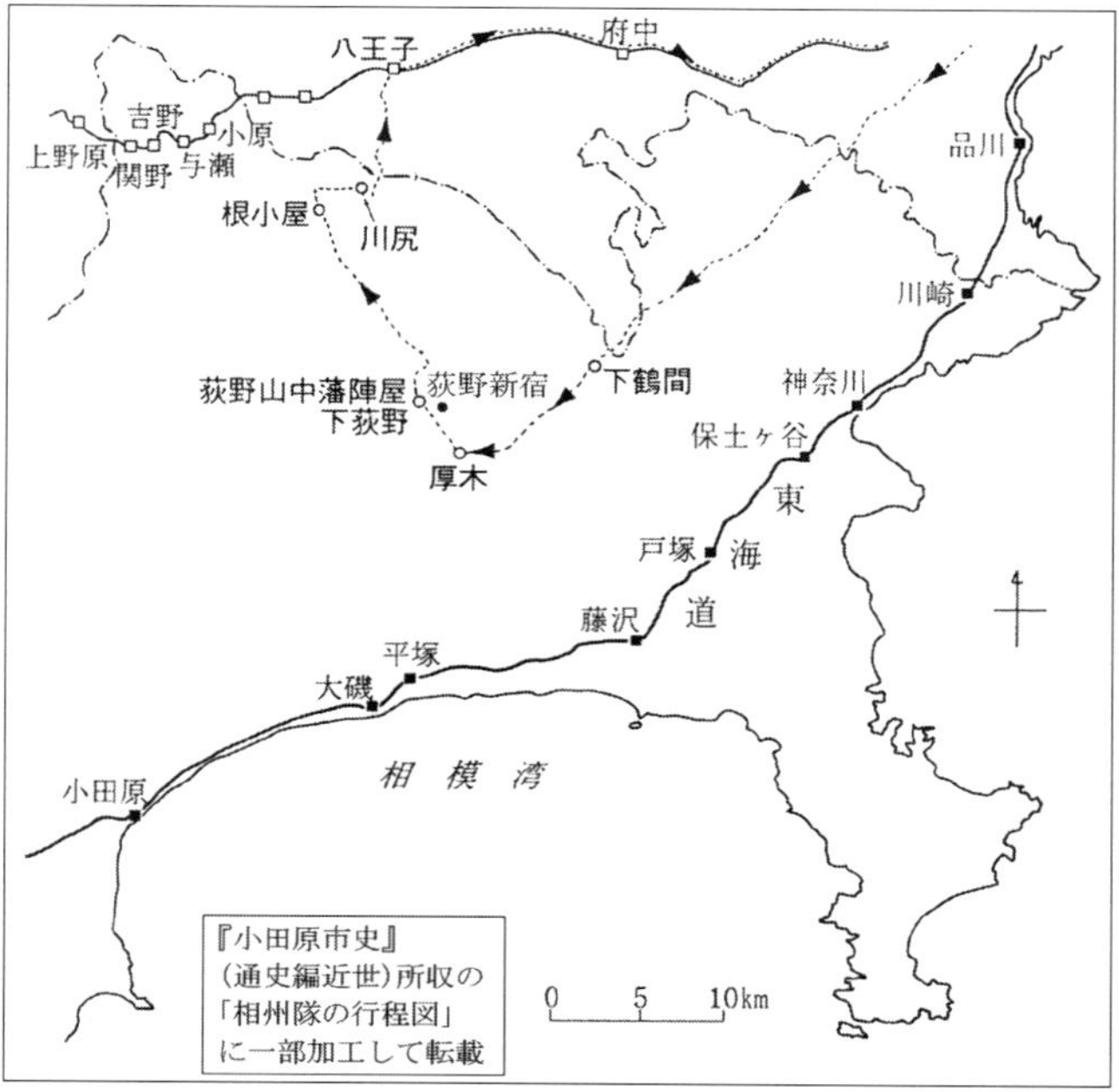
八王子
府中
吉野
上野原
関野
与瀬
小原
品川
根小屋
川尻
川崎
荻野山中藩陣屋
荻野新宿
下鶴間
下荻野
神奈川
保土ヶ谷
厚木
東
海
道
戸塚
藤沢
平塚
大磯
相　模　湾
小田原
『小田原市史』
（通史編近世）所収の
「相州隊の行程図」
に一部加工して転載
0
5
10km

相州組行程図

奉

天然理心流

桑原　永助昌英
保田　司之助
易早（花押）

門人
伊波　昇助徳善
平出　豊吉貞易
相原佐一郎貞義
小川　定吉茂一
小川　庄蔵易久
山下伝四郎時高
沢野六右衛門明正
田辺　万吉信満
桜井　巻吉武早

斎藤才治郎則安
斎藤藤太郎安定
長谷川庄三郎治吉
佐藤今七郎清次
瀬戸　留吉忠常
池田　織蔵徳平
池田　永治善平
内山　秀吉義長
内山　力蔵義正
吉崎　理輔信久
堀江文三郎義高
星野太一郎春信

渡辺　翁助　輝
筑井　満弥
鈴木滝太郎長好
石井初五郎直勝
中里与十郎正武
佐藤　文恵為彦
清水徳次郎高国
小山浦次郎正義
練間　清造正重
佐藤　金三善信
河合忠右衛門正昌
細谷嘉十郎朝照
渡辺　角三昌
中里三五郎奥正
中里徳太郎光広

遅見　豊三郎□□
佐藤　彦兵衛方
渡辺　太郎吾賢□

渡井　都馬□□
飯島伊三郎□□
中丸佐太郎村実
相沢千代作森重
新倉五郎兵衛清祐
神谷伝五郎実常
井上喜三郎徳光
井上市太郎長秋
井上　呈助高景
井上　国平高包
井上佐次兵衛友照
河原小十郎芳里
河原政五郎金長
保田　対助景勝
保田彦兵衛明勝
保田兵五郎常勝
清水　量平満家
井上　音吉包門
井上　市蔵貞家
亀山　歌市近里
五十子銀次郎久森
八木亀太郎秀信
井上浅五郎吉景
幡本源十郎末俊

天然理心流奉納額（神奈川県大和市、田中八幡蔵）。
（『大和の文化と伝説 第１１集』大和市教育委員会編）

献

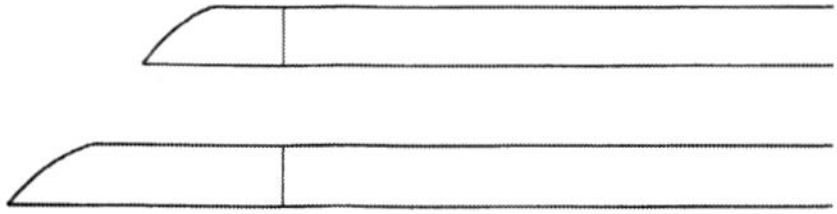

旨

副　高

守屋吾左衛門道堅
渡辺亀太郎実貫
筑井愛賓
忍馬一勇斎
井上与五右衛門尚直
安田新次郎包則
武藤常八忠友
神谷定助泰明
部太吉千澄
保田八郎右衛門義武
神谷松五郎嘉長

明治五年歳次壬申季春

石井栄太郎直重
白井佐十郎義家
座間岸太郎正清
佐藤脩司隆信
相原与一郎善幸
相原秀五郎義行
井上鹿蔵武次
芝田弥三郎高友
小菅喜十郎光明
田辺森蔵宗里
黒田嘉重輝房
渡辺弥三郎勝清
比留川善次郎信行
比留川弥吉幸雄
秋山脩作
山下喜代七友清
早川安右衛門則義
原貞女
筑井晋宰
鈴木惣兵衛秀貞
守屋喜之助重好
渡辺伊之助久住
小菅滝三郎治国

広瀬辰五郎光門
山下戸吉元久
石井太郎助重進
石塚為次郎勝正
石塚政五郎兼清
小山嘉七道貞
原田海蔵村盛
関水初吉清一
大谷作次郎正光
遊作利三郎俊兼
落合新太郎包吉
橋本藤蔵宗祐
相泉忠兵衛為定
小野滝之進一常
海野平作正重
磐鉄之助好包
鈴木友右衛門重房
碇山伊久呂
成岡与右衛門朝光
成岡源三郎宗盛
高林喜之助元光
松木専吉宗英
村上庄七包行
池辺倉蔵吉有
村長半次郎祐高
早川平右衛門光正
池辺金十郎国方
野沢丈次郎巻昌
松林源十郎助成
海谷市左衛門定方
海谷嘉作元輝
松本嘉左衛門清住
吉岡金七光行
高坂房吉村家
田戸源吉高雄
田戸市蔵貞清
加茂重吉元実

門人
武藤常八忠友
工
馬場吉五郎右京謹書

この中で判明している結城四郎の門人は、上段の山下伝四郎と中段の筑井満弥（本名：石井道三）である。

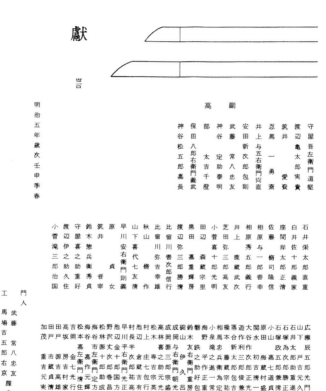

はじめに

拙著の一作目は横浜に関する小説だったが、二作目、三作目は西郷隆盛に関するものだった。そこで、四作目はまた地域に根ざした題材にしたいと思い、厚木の話と出会った。特に西郷が関係していたことや、また厚木は明治の自由民権運動が盛んだったことを改めて認識して余計に興味が湧き、小説を書くことに決めた。これが、この『立ち上がる民衆』を書こうと思った理由である。

厚木は横浜の自宅から近く、今回の執筆にあたり、何度も現地に行って取材することが出来た。特に厚木市や愛川町、旧津久井町（現相模原市緑区）で登場人物のご子孫や関係者の方々に聞き取り調査を行い、貴重な生のお話を伺うことが出来、とても感謝している。

この『立ち上がる民衆』では、西郷に関する新説も展開している。通説では維新前夜の西郷は、相楽総三ら浪士たちを利用するだけ利用して用が無くなったら捨てるという、権謀術数を駆使した悪役のイメージで、このイメージが西郷という人物の全体像にも暗い影を落としていると思う。しかし、この小説で筆者は、実は西郷は相楽たちを使って幕府を倒させ、文字通り「民衆による明治維新」を後押ししていたのではないかと主張している。

荻野山中陣屋を襲撃した浪人たちは、江戸三田の薩摩藩邸から来た薩邸浪士と、その薩邸浪士たちを支援した厚木周辺の人々である。従って、皆いわば西郷の同志たちであり、ゆえに筆者にとっても、彼らは同志のように思えてならない。しかし、彼ら厚木の同志たちは、幕末に陣屋を襲撃したり、また明治になってから大阪事件に関与したりしたため、子孫の方々は長らく肩身の狭い思いをしてこられたという。それが、昭和五十六年の自由民権百年を祝う式典で、彼ら厚木の同志たちが顕彰されたことにより、この時点では子孫の方々も大いに溜飲を下げられたことと思う。だが、やはり月日が経つに連れて、次第に彼らの業績は人々から忘れ去られていった感がある。

確かに、彼らに襲撃された被害者にとっては、彼らに対して複雑な思いがあるであろうことは想像に難くない。しかしながら、その一方で彼らの果敢な行動が明治維新を成し遂げ、また明治の自由民権運動を推進したこともまた事実だと思う。特に現代の私たちにとっても、彼らは民衆が立ち上がることの重要さを教えてくれていると思う。そこで、ここに筆者は彼らの業績を再顕彰したいと思うのである。

最後に、今回の出版にあたりお世話になった、厚木市や愛川町、旧津久井町（現相模原市緑区）の登場人物のご子孫や関係者の方々、厚木市の文化財保護課や文化財保護委員の方々、地図等の掲載を快く承認して下さった方々、それと出版社ブイツーソリューションの社員の方々に、心から感謝の意を表させて頂きたいと思う。

平成二十八年十月

山本盛敬

目次

立ち上がる民衆

第一章　飯山の桜

1

慶応元年春。相模国愛甲郡飯山村（現厚木市飯山）にある飯山観音は祭りで賑《にぎ》わっていた。飯山観音は長谷寺《ちょうこくじ》に安置されており、長谷寺は正式には飯上山如意輪院《いいかみさんにょいりんいん》長谷寺といい、創建は奈良時代とも平安時代ともいわれる古刹《こさつ》である。厚木の街から見て西北、小鮎川の上流に位置している。特に寺院から裏山にかけての桜は見事で、この日も構内は多くの民衆でごった返していた。構内には露店も出て、客に酒や団子を振舞っていた。どこからともなく、祭囃子《ばやし》が聞こえていた。

「しかし、こう人が多くちゃやかなわんな、道三《みちぞう》」

「そうですね、市郎《いちろう》さん」

「さっきも、人にぶつかって危うく酒をこぼしそうになっちまったよ」

「どこかに座れる所はないですかね」

辺りをキョロキョロ見回す二人の目に、丸太に座って話している女たちが留《と》まった。

「おい、道三。ありゃ釜屋のえんとみきじゃねえか」

「確かに」

「よし、いっちょ声かけてみっか」

「気を付けて下さいよ。姉のえんは気が強いから」

「分かってるよ」

市郎は大股で二人に近づいていった。市郎が緊張しているのは誰の目にも明らかだった。

「よお、お二人さん。楽しんでるかい」

市郎の顔を見るやいなや、妹のみきは慌てて俯《うつむ》いた。一方姉のえんは、まるで虫けらでも見るような冷たい目で市郎を一瞥《べっ》しただけだった。

(取りつく島もないとはこのことか。ええい、なるようになれだ)

「どうした、えん。どこか具合でも悪いのか」

「ええ。貴方《あなた》の顔を見たとたん、急に気分が悪くなりましたわ」

「そいつはいけねえ。何なら手を貸そうか」

「結構です。みき、帰りましょう」

二人は市郎には目もくれず、すたすたと門に向かって歩いていった。

(全く。相変わらず気の強え女子《おなご》だぜ)

心中、市郎は舌を巻いた。

「だから、言わんこっちゃない」

道三が心配そうに近づいてきた。

「だけど、えんさん、今日は特にご機嫌斜めみたいでしたね」

「ああ」

(やっぱり、あのことを気にしてるのかな)

市郎の父の彦次郎が、市郎の嫁にと、どこかから女の子を連れてきたのである。そのことが、なぜか既《すで》にえんの耳に入っているらしかった。

(地獄耳とはこのことか)

市郎とえんは互いに好き合っているのだが、二人とも照れ屋なため中々素直になれず、顔を見れば喧嘩《けんか》するといった関係だった。

2

「畜生、思うようにいかねえなあ」

気を紛《まぎ》らそうと市郎は何気なく小石を蹴った。すると、その小石がちょうどこちらに向かって歩いてくる侍の刀に当たってしまった。

(しまった)

しかも、その侍は市郎の顔見知りで、市郎がよく出入りしている賭博場の常連だった。

侍という支配階級であるのをいいことに、必ず儲かるように賭場主から特別扱いにしてもらっている男だった。

(よりによって、このクズ野郎に当たっちまうとは)

当時、もちろん賭博はご法度だったが、幕威の低下も手伝い、百姓の数少ない娯楽として黙認されることが多かった。また、それをいいことに、本来取り締まる側である侍が賭博に参加することも、決して珍しくはなかったのである。

「おい、若僧。これは一体何のまねだ」

「……」

「おや、お前、飯山村の市郎だな」

(やべえ。俺の名前を知っていやがった)

観念して市郎は侍の顔を見て言った。

「そうです」

「貴様、武士の魂である刀に無礼をして、ただで済むと思うなよ」

「市郎さん」

慌てて道三も市郎の側《そば》にやって来た。さっきまでの喧騒はどこへやら、一瞬にして構内は静まりかえった。知らぬ間に、不安気な民衆が市郎と侍の周りに集まってきていた。

「市郎さん、ここは抑《おさ》えて」

道三が市郎に耳打ちした。

「ああ」

市郎が返した。

「謝れ、若僧」

侍が怒鳴《どな》った。

「申し訳ございませんでした」

市郎が頭を下げた。

「土下座せんか。このたわけ！」

侍が一段と声を荒げた。言われた通り、市郎は土下座をして謝った。次の瞬間、侍が市郎の頭を蹴とばした。その衝撃で市郎は倒れ、地面に横たわった。すぐさま市郎は侍を睨《にら》みつけた。

「何だ、その眼は」

辺りの空気が一気に張り詰めた。侍が刀に手を掛けた、その瞬間、一人の男が群衆を割って入ってきた。

「そこまで！」

男は刀に手を掛けた侍の手を握って言った。

「なんだと！」

「お武家様、お気持ちはよう分かりやすが、この者もこうして謝っておりやす。どうかここは拙者に免じて、穏便に済ませては頂けやせんでしょうか」

「んー」

「このお詫《わ》びは、賭場でたっぷりさせて頂きやすんで」

男が侍に小声で囁《ささや》いた。

「ふふ、そうか。まあ、よかろう」

侍は含み笑いをし、もう一度市郎を睨みつけ、その場を去っていった。周囲から大きな溜《ため》息がもれた。

「佐吉つぁん、あんがとよ」

「市郎、命は大切にするもんだぜ」

「分かってら。俺はちゃんと謝ったんだぜ」

「ああ、分かってる。ただ相手が悪かったな」

この佐吉こそが賭場主であった。当時佐吉の家は荻野新宿にあり、そこで賭博が行われていたのである。この荻野新宿の「新宿」は地元の厚木では「しんしゅく」と読むらしい。

「あのクズ野郎、今に見ていろよ」

「そうだ。そのうち侍も百姓もねえ均《なら》しの世（身分の上下のない平等な世の中）を作る機会が必ずやってくる。その時まで待つんだ」

「佐吉つぁん、そいつはいつなんだ」

「ここじゃ話ができねえ。詳しく聞きたきゃ、お前たち、俺ん家《ち》まで来るんだな」

「ああ、そうするよ。行くぞ道三」

市郎と道三の二人は、佐吉に先立って歩き始めた。小柄な市郎が大男の道三を従えて歩くさまは、滑稽《こっけい》でもあった。

（この二人、まるで義経と弁慶だな）

佐吉は密かに心の中で呟《つぶや》き、笑いを堪《こら》えるのに苦労した。

3

市郎こと山川市郎は、この時二十四歳で、飯山村の百姓であった。山川家は、市郎の祖父である金兵衛の代には名主を務めていたともいわれているが、この慶応元年の頃にはすっかり零落し、貧困の中に喘《あえ》いでいた。全ては、横浜開港に端を発する物価高によるものであった。物品の海外への輸出によって、国内消費分が足りなくなっていたのである。

この頃市郎の父の彦次郎は、市郎の母である前妻が早くに死んでしまったため、後妻を迎えていた。また彦次郎は、貧困と実の母親がいない寂しさから日々の暮らしに嫌気がさし、俗にいう「飲む・打つ・買う」に放蕩の限りを尽くす市郎の身を案じ、どこかから女の子を連れてきて、強引に市郎と添わせようとした。しかし、このことがかえって重圧となったのか、いっこうに市郎の放蕩は修まらなかった。

一方、道三こと石井道三は上荻野村に住む医者の息子で、この時二十一歳であった。石井家は元々津久井の根小屋村の出だというが、一説には、先祖はかつて津久井の領主であった津久井氏で、三浦半島の津久井浜から移ってきたという。だから道三もその説を信じ、明治維新前後の混乱期には簗井（津久井）満弥と名乗って志士活動をしていた。

道三はいつの頃からか国学の徒となったらしく、『平田篤胤全集』別巻の「誓詞帳」と「門人姓名録」によれば、彼は「簗井満弥」として明治二年の正月二十一日付で、平田篤胤の没後門人になっている。

三人は佐吉の家に着いた。佐吉こと鈴木佐吉は、下荻野村の荻野新宿に住んでいた。荻野新宿は大山詣《もう》でに行く人々が利用した大山道と、津久井方面に向かう甲州道とが交差する交通の要衝で、当時から旅宿や商店が立ち並び、活況を呈していた。えんとみきの姉妹が住む旅館の釜屋も、荻野新宿にあった。

佐吉はこの時三十一歳、荻野界隈《かいわい》では名の知れた博徒だったが、同時に世を憂《うれ》う志士でもあった。

「あの水戸が立った、昨年の筑波山挙兵でさえ失敗した。結局、もう我々には打つ手はないんじゃないか」

筑波山挙兵とは天狗党の乱のことである。元治元年三月、天狗党の藤田小四郎（藤田東湖の子）らは攘夷を唱えて筑波山で挙兵したが、泥沼化した水戸家中の抗争に陥り敗北した。その後武田耕雲斎を総大将として、朝廷に訴えようと大挙して京都を目指したが、これも果たせず失敗し、藤田小四郎や武田耕雲斎らは翌慶応元年に処刑された。

「市郎、水戸は駄目だ。あそこは烈公（徳川斉昭）や両田（藤田東湖と戸田蓬軒）が健在だった頃は良かった。だが、ここ数年は領内で内紛騒ぎばかりしてやがって、全く統制が取れてねえ。だから、もう奴らを当てにはできねえ」

佐吉が吐き捨てるように言った。

「じゃあ、俺たちはどうすりゃいいんだよ」

食い下がる市郎に、佐吉が答えた。

「水戸以外の、どこかの大藩の後押しが必要だな。そうじゃねえと、所詮は烏合の衆よ。幾ら気張っても幕府にゃ歯が立たねえ。そうだろ、道三」

「はい」

「とにかく、周到な計画と準備が必要だ。だから、お前らも決して軽率なまねをするんじゃねえぞ。分かったか」

市郎と道三は渋々頷《うなず》いた。

4

数日後、荻野新宿、佐吉宅。もうもうと煙草《たばこ》の煙が立ち込める中、腹に晒《さらし》を巻いた男たちが熱くなっていた。

「丁」

「半」

双方の賭けが決まると、進行係である中盆《ちゅうぼん》の指示に従い、ツボ振りがツボの中にサイコロを入れ、勢いよく振った。佐吉は筒元《どうもと》として、中盆の横に座っていた。

市郎は佐吉に頼まれて、家の内外の見張りをしていた。博奕を運営する人員が足りない時は、ツボ振りなどを任されることもあったし、客になることもあった。しかし今夜は、・・・・お得意さんが来ているので、市郎は見張りに回されてしまった。

「あのクズ野郎」

外から木戸越しにちらっと中を見た市郎は、心の中で罵《ののし》った。あの、長谷寺で市郎を足蹴《あしげ》にした侍が来ていた。いつもそうだが、今夜も侍は大勝ちしていた。博奕を運営する佐吉の子分たちが皆心得ていて、侍の全勝だと他の客に怪しまれるので、適度に侍の負けを盛り込みながら、合計では巧妙に侍に勝たせていたのである。

「けっ」

市郎は唾《つば》を吐いた。脂下《やにさ》がった侍の顔を見ていると、虫唾《むしず》が走った。かつて幾度となく、市郎は佐吉から博徒にならないかと誘われたことがあった。しかし、市郎は頑《かたく》なに断ってきた。それは、今夜のような場面に遭遇した時、蔑《さげす》むべき対象にも媚び諂《へつら》わなければならないことに、我慢ならなかったせいかもしれない。市郎には、なぜか私心―自分だけの利益をはかる心―が昔から無く、逆に公《おおやけ》のために尽くし、世の中の不合理を正したいといった思いがあった。

荻野新宿から自宅のある飯山村に帰る道中も、ずっと市郎は考えていた。なぜ侍は偉いのか。なぜ自分たちは、侍に対してこれほど卑屈《ひくつ》にならなくてはならないのか。

市郎が小鮎川の畔《ほとり》にたどり着くと、橋の袂《たもと》に数人の百姓がいた。百姓たちは、市郎が近づいてきたことに気付くと、慌《あわ》てて橋を渡って川の対岸へ逃げていった。辺りが暗くてよく見えないので、とっさに市郎は持っていた提灯《ちょうちん》で橋の袂《たもと》を照らしてみた。見ると、一人の男の子が立っていた。

「どうした、坊主」

「お父《とう》もお母《かあ》も、行っちゃった」

「ここで何してたんだ」

「お蚕《かいこ》さんのお葬式」

「そうか」

市郎は男の子の一言で、全ての状況を理解した。そして気の毒に思い、持っていた小銭を男の子に渡した。

「これを、お前のお父とお母に渡してくれ。いいな」

「うん」

男の子は元気よく答えて、両親が逃げた方に向かって走っていった。恐らく、両親もこの近くに隠れて、自分の子と市郎の遣《や》り取りを見ているのだろう。

男の子の家は養蚕をしており、誤って蚕が病気になって死んでしまったので、人目を気にして夜間に、小鮎川に蚕の死骸を流しに来たのだった。よくあることだったので、市郎にはすぐに分かった。元々、飯山村は山勝ちで平野が少ないため農業には不向きで、養蚕を兼業する百姓が多かった。しかし、養蚕には細心の注意が必要で、糞の掃除や温度・湿度の調節に気を配らないと、すぐに蚕は病気になった。そして一頭（蚕は一頭、二頭と数える）が病気になると、忽《たちま》ち全ての蚕が病気になり、そうなると最早《もはや》なす術がなく、やがて全滅してしまうことが多かった。それは零細《れいさい》な百姓にとっては大打撃で、だから市郎も同情して男の子に小銭を渡したのだった。

5

相州飯山村、山川家。山川市郎の子孫の話によれば、飯山観音入口の小鮎川に架かる橋の前が市郎の家だったという。

市郎は家に帰ると、病に伏せっている祖父の金兵衛に挨拶《あいさつ》した。

「じいちゃん、今帰《けえ》ったよ」

「市郎か」

金兵衛は薄目を開いて市郎の顔を見ると、弱々しく言った。このところ、金兵衛の病状は良くなかった。ちょうど、市郎の父の彦次郎と後妻、それと例の女の子が、食卓で食事をしていた。女の子は十二、三歳くらいだった。後妻と縁続きの子だという。

「市郎」

帰って来た市郎に、父の彦次郎が近づいてきた。

「じいさんの具合も良くねえし、儂《わし》もいつまで元気でいられるか分からねえ。だからお前には、もっとしっかりしてもらわねえと」

気性がおとなしい彦次郎は、哀願するように言った。

「分かってるよ」

「お前も知ってる通り、山川家はじいさんの代までは名主を務めておった。ところが今はこのありさまじゃ。だからお前には何としても、この山川家を再興してもらいたいんじゃ」

「親父《おやじ》、俺は世直しがしてえんだ」

「なぜ我が家をほったらかしてまで、そんなに世直しをしたいんじゃ」

「侍は腐ってる。自分たちは何も生み出さず、俺たち百姓の僅かな米まで年貢として奪い取る。その上、何ら俺たちに感謝せず、かえって威張《いば》り散らしやがる」

市郎の脳裏に、先日の長谷寺での、横暴な侍の姿が浮かんできた。

「そのくせ、あいつら夷人どもには頭が上がらず、横浜の開港以来、何でも言いなりじゃねえか」

横浜開港による物価高と、それに対する幕府の無為無策ぶりを、市郎は指していた。

「だから親父、もう侍どもには任せておけねえんだ」

「市郎、お前の気持ちは薄々分かっとった。だから心配なんじゃ。ただお前が、飲む・打つ・買うに気を紛《まぎ》らわせているうちは、まだ安心じゃった。いつか、立ち直ってくれると儂は思うとった。じゃが、世直しとなると話は別じゃ。お上に逆らうことじゃからのう。失敗すれば、もちろんお前は打ち首じゃ。儂らとて、ただでは済まんじゃろう。すると、この山川家はどうなるんじゃ」

「しかし親父、誰かがやらんと、世の中は変わらねえ」

俯《うつむ》き、黙って彦次郎の言葉を聞いていた市郎が、突如顔を上げて言った。

「それは、儂ら百姓のすることじゃねえ。お侍様のすることじゃ。儂らは、自《みずか》らの分を守っておればいいんじゃ」

（その侍がだらしねえから、こんな世の中になっちまったんだって、さっきから言ってん

だろうが）

市郎は大声を出したい衝動に駆られたが、下唇を噛《か》んで我慢した。祖父の金兵衛が寝ていたからである。

「なあ市郎、悪い事は言わん。お前ももう二十四だ。そろそろ嫁を貰《もろ》うたらどうじゃ」

彦次郎が、自ら連れてきた女子《おなご》を市郎に薦《すす》めていることは明らかだった。市郎は食卓の方をちらっと見て、小声で言った。

「その話だったら、またにしてくれ」

「儂が連れてきた女子が、気に入らんのか」

「いや、決してそういう訳じゃ」

「あれが気に入らねえなら、他の女子を探してくるぞ。それとも、誰か心に決めた女子でも他におるのか」

その瞬間、市郎の脳裏にえんの面影が過《よ》ぎったが、市郎はそれを振り切って言った。

「ちょっと待ってくれ。俺は世の為《ため》、人の為に働きたいと思ってるんだ。この思いがある以上、まだ嫁をもらう訳にはいかねえ。だから、あの子にも家に帰ってもらえねえか」

「そうはいかん」

彦次郎は苦渋に満ちた表情を浮かべた。

「なぜだ」

市郎が食い下がった。

「できればお前には内緒にしておきたかったが、……口減らしなんじゃよ。あの子の家も貧しくてのう。日々の食べ物にも難儀している有り様で、あれの父親に頼み込まれて、仕方なく儂が引き取ってきたんじゃや。だから、そう易々《やすやす》と帰れとは言えんのじゃ」

決して珍しい話ではなく、ごくありふれた話だった。見ると、確かに女の子はガリガリに痩せていた。市郎は彦次郎の話を聞くと、体中が熱くなってくるのを感じ、思った。

(やはり、絶対に世直しが必要だ)

少し性急に過ぎたかと、彦次郎も考え直した。

「まあ、嫁取りの話はまた今度にしよう。じゃが市郎、これだけは忘れてはならん。お前の弟の重造は病弱で、お前に他に兄弟はおらん。じゃから、この山川家を再興できるのは、お前だけなんじゃや。この我らの悲願を、お前の軽はずみな行動で潰《つぶ》させる訳にはいかぬ。父は決して許さんぞ」

市郎はただ黙って頷《うなず》き、彦次郎の前を辞した。父親の言いたいことは理解できた。確かに自分とあの女の子が夫婦《めおと》になれば、全てが丸く収まる気がした。しかし、どうすることもできなかった。理不尽な世の中への憤《いきどお》りが、市郎の体の奥から溢《あふ》れてきていた。

元々市郎兄弟には姉のリキがいたが、リキは文久三年に死亡した。だから、この時市郎の兄弟は弟の重造だけだったが、この重造も明治二年に若くして亡くなる運命であった。

6

下荻野、荻野川の岸辺。夜、市郎とえんが川辺に腰を下ろし、語り合っていた。辺りは真暗で何も見えず、川のせせらぎと虫の鳴き声だけが聞こえていた。夏なので、蒸し暑さを紛らすにはちょうど良かった。二人は、中々昼間会うことは出来なかった。えんの父親の左七が二人の交際に反対しており、そのことをえんの家のご近所は皆知っていて、二人が会っているのを見かけると、左七に告げ口する者がいた。だから、それを用心して、二人は夜に忍んで会うことが多かったのである。

しばらく、二人は黙って水の音と虫の声を聞いていたが、えんが市郎に訊《き》いた。

「例の女子《おなご》はどうなさったのですか？」

市郎の父の彦次郎が、市郎の嫁にしようと連れてきた女子のことであった。

「まだ俺の家にいるんじゃないかな」

「まるで他人事みたいですね」

「そういう訳じゃないが、あの女子とはほとんどしゃべったこともないし、あの子が普段何をしているのか、俺にはよく分からないんだ」

(何でこの人は、こんなにしれっとしていられるのかしら)

市郎の対応にえんはいらいらして、意地悪な質問をした。

「その子は、あなたが話し掛けてくれるのを、待ってるんじゃないですか？」

「俺にその気がないのに思わせぶりなことをして、あの子を傷つけたくないんだ」

「まあ、それはおやさしいこと……」

えんは、自分一人だけやきもきしているのが馬鹿らしくなり、口を閉じた。

そんなえんの気持ちを知ってか、今度は市郎が前を向いたまま話し始めた。

「なあ、えん。なぜ、世の中には富める者と貧しい者とがいるんだろうな」

「えっ」

突然の市郎の真面目《まじめ》な話に、えんは戸惑《とまど》った。

「ろくに働かない怠《なま》け者が貧しいのなら分かる。しかし、一生懸命真面目に働いているのに貧しい者がいるのは、なぜなんだ」

「そんなこと、私には分かりません」

「逆に、侍のように何も生産しないにもかかわらず、食うのに困らない者もいる。俺たちと同じ百姓でも、広い田畑を持ち、酒や醤油を造って手広く商いをする裕福な者もいれば、自分たちの田畑を持たない水呑《みずのみ》百姓（小作人）もいる」

「はい」

えんは俯《うつむ》きながら答えた。辺りを重苦しい空気が包んでいた。

「この前、小鮎川に死んだ蚕を流している一家を見たんだ。……養蚕は大変だ。自分たちの寝食も忘れて、蚕の世話をしなけりゃならん。だけど、どんなに注意していても、一瞬の隙《すき》をつかれることもある。そうして一頭の蚕でも発病したら、あっという間に全滅だ」

「……」

えんは黙って市郎の話を聞いていた。

「何もあんな貧しい一家を、これ以上苦しめなくてもいいのにな。神も仏もありゃしねえ」

「……」

「何か、世の中間違ってんじゃねえかな」

市郎は鼻をすすった。えんがそっと市郎の様子を窺うと、市郎の頬《ほほ》を涙が伝っていた。

「市郎さん」

「俺は世の中の間違いを正したい。だから世直しをする。世直しとはつまり、世均《よなら》しのことだ。貧富の差を無くし、世の中の富を均《なら》したいんだ」

市郎の言葉を聞いた瞬間、えんは市郎をかけがえのない同志だと思った。そして、一生この男についていこうと心に誓った。

7

ここで、語句を整理しておく。「世直し」と「世均《なら》し」はかなり似た意味の語句であり、『国史大辞典』（吉川弘文館）の「世直し」の欄にも、「幕末・維新期に社会的、政治的変革を期待する民衆の意識を表出した民衆闘争（階級闘争）の激化形態。世均し（貧富の差の平均化＝経済的平等化）を求めた民衆闘争としても表意される」と記されている。

一方、「均《なら》しの世」とは「身分の上下のない平等な社会」、つまり「政治的・社会的平等」のことを指すとする。この「均しの世」という語句は、どうも前述の『国史大辞典』などの辞典には記載されていないようである。だが、黒鉄《くろがね》ヒロシ氏の「誰が龍馬を殺したか」（『週刊新潮』二〇〇七年十一月二十二日号）によれば、かの坂本龍馬が「いずれ均しの世が来るぜよ」と言っていたそうで、その龍馬の言葉に黒鉄氏は「いずれ均し（身分の上下のない）の世が来るぜよ」と注釈を付けている。もし龍馬がこのセリフを言ったことが事実であれば、やはりこの時の龍馬の意図は、経済的平等よりも政治的・社会的平等を想定していたと筆者も考えるので、本書においても黒鉄氏の注釈と同じ意味で使用することにする。

では、この「均しの世」という語句を、龍馬はどこから仕入れたのであろうか。勿論、龍馬自身がこの語句を発案した訳ではないだろう。筆者は恐らく龍馬は、師匠に当たる勝海舟辺りから海外の平等思想を吹き込まれた結果、使い始めたのではないかと考えている。

ところで、本書で市郎は「世均し」をしようとしているが、佐吉は「均しの世」を求めている。では、佐吉はなぜ「均しの世」を求めたのであろうか。つまり龍馬同様、佐吉はどこから「均しの世」という語句を入手したのか。筆者は、佐吉はそれを国学から入手したのだと考えている。

なぜなら、『幕末維新期の文化と情報』（宮地正人）によれば、幕末時の国学者たちは当時の武士階級や封建的身分制そのものに、かなり批判的だったことが窺えるからである。引用すると、

（前略）幕末の国学者で一番力量のあった矢野玄道《はるみち》の場合にも、ペリーが来た直後に、「今は実に以て堂上も武家も阿房《あほ》だらけにて……当時大名等の馬鹿のみにて、武備を忘れ切った処」云々というように、かなりズバッと言い切っているわけです。大体彼等のグループ、同じ世代の国学者はこういう発想だったに違いありません。とりわけ嘉永六年以降は、幕藩制国家自身が非常に動揺し始める時期です。国家自身を守らなければならない幕府と武士階級自身の弱体化に対する鋭い批判は、非常にストレートに出て来ます。矢野の文献始め他の文献にもよく出て来るのですが、武士階級の世襲制に対しては彼等は非常に批判的です。文武両道の試験をやり、試験に通らない者は百姓に戻せとか、世禄《せろく》を与えるなとかいうところまで言い切っているわけです。（後略）

矢野玄道は、文政六（一八二三）年伊予大洲《おおず》藩の藩士の家に生まれた、平田篤胤の没後門人の中での代表的な人物の一人である。また著者の宮地氏が文中で、「大体彼等のグル

ープ、同じ世代の国学者はこういう発想だったに違いありません」と述べている。従って、国学者の中にも様々な思想があったとは思うが、この矢野の思想がその代表的なものであり、このような思想に触れて、次第に佐吉も「均しの世」という語句を覚え、それを求めるようになっていったと捉《とら》えても、差し支《つか》えないであろうと筆者は考えている。

ただし龍馬の「均しの世」は、勝海舟経由であれば西洋流の文字通り「平等な世の中」であるのに対し、佐吉の「均しの世」は国学流の「天皇の下の平等」、つまり「一君万民」のことである。

第二章　結城四郎

1

慶応元年十一月。相州津久井県根小屋《ねごや》村。飯綱《いいづな》権現（現飯綱神社。飯綱《いづな》とも読む。また「飯縄」と書くこともある）の境内で、石井道三は一人剣術の稽古《けいこ》をしていた。十一月ともなれば、山間部に位置して標高が高い津久井は寒い。稽古を始めた時は、手がかじかんで思うように動かなかったが、しばらく木刀を素振りしているうちに、漸《ようや》く体が温まってきた。

道三の先祖は代々飯綱権現の別当（僧職の一つ）を務めており、この飯綱権現は京都の聖護院《しょうごいん》の末で、聖護院は本山派修験道の中心寺院であった。また飯綱の名は長野県北部の飯綱山に由来するとされ、飯綱山は忍術や剣術の修行地としても知られている。だから、道三には修験者や忍者の心得があったのかもしれない。

実際、道三の先祖に当たる飯綱権現の別当の中には、三神《さんしん》荒木流の名人もいた。この三神荒木流は剣術・柔術の一流派だが、その元の荒木流は捕手《とりて》を主体とし、他に小具足《こぐそく》・居合・縄・棒などを含む総合武術であり、いかにも修験者や忍者が使いそうな流派である。

また『北相文化』（第七号）によれば、道三は「慶応元年故郷を後に京都に上り身を勤王党に投じ薩摩浪士の中に加って築井満矢と名乗り、京洛始め各地で剣の中を行き、あるいは血汐《ちしお》をあび活躍した」とされている。しかし、これはこの記述の作者が、地元の古老などから聴取した話だという。従って、道三がこの慶応元年に確かに京都にいたかどうか、今のところ筆者には確かめる術《すべ》がない。

なお幾つかの資料には、道三の顔写真が掲載されている。厳しい眼差《まなざ》しでカメラを見据えた表情からは、頑固一徹そうな道三の性格が窺《うかが》える。

その飯綱権現の脇の道を、剣術家の結城四郎が歩いていた。結城は旅をしながら、その土地の道場で剣術の稽古をしたり剣術を教えたりし、「その時」に備えて同志を探していたのである。

結城は、ちょうど津久井湖畔の中野村を通った時に剣術道場があったので、稽古をさせてもらい、その時に道場主から「根小屋村に石井道三という立派な体格の若者がいる」と教えてもらった。そこで結城は道三を探しながら、根小屋村への道を歩いていたのである。

結城が大きく蛇行する下りの道を歩いていると、やがて飯綱権現が見えてきた。

（おっ）

結城は何かの気配を感じて立ち止まり、木間《こかん》から飯綱権現の境内を窺《うかが》った。すると道三が蹲踞《そんきょ》の姿勢で木刀の剣先を正面に向け、目を瞑《つぶ》っている姿が目に入った。蹲踞とは、つま先立ちで深く腰を下ろし、十分に膝《ひざ》を開いて上体を正した姿勢のことで、相撲で行司が「はっけよい」と言う前の、力士が向かい合ってしゃがんだ姿勢である。勿論剣道でも蹲踞を行う。

(美しい)

しばらく、結城は道三の姿に見とれていた。ピンと背筋を伸ばして静止した姿は、神々しいほどであった。それから、道三は蹲踞をやめて立ち上がり、無言で素振りを始めた。上段に高く振りかぶった木刀を、一気に素早く下段まで振り下ろす動作を、道三は幾度も繰り返した。百九十センチはあろうかという巨体から、力強く振り下ろされる木刀は、迫力満点だった。しかし、それでも道三の呼吸はほとんど乱れていなかった。

(まだまだ粗削りだが、素質は十分にある。筋力も持久力も問題ない。あとは反射力だな)

結城は道三の反射力を試すために、そばにあった小石を拾って道三めがけて投げつけた。何の変哲もない小石だが、それでも体に当たれば、痣《あざ》ができるか血が流れるだろう。

(何?)

瞬時に小石に気付いた道三は、体をかわしながら、飛んできた小石を木刀で叩き落した。

「誰だ！」

道三は大声で叫んだ。

「お見事！」

結城は道三に近づいていった。結城も、道三に負けず劣らずの巨漢だった。道三は自分と同じくらいの巨漢の登場に身構えながら訊いた。

「あなたは？」

「俺の名は結城四郎、些《いささ》か剣術の心得がある故《ゆえ》、剣術の指導を生業《なりわい》としている」

「拙者に何か御用ですか？」

ぶっきらぼうな口調の結城に、道三が訝《いぶか》しげに訊いた。

「お主《ぬし》、なぜ剣術の修行をしている？」

突然の質問に道三は驚いたが、落ち着いて答えた。

「尊皇攘夷を実行するためです」

「なぜ尊皇攘夷を？」

「我が家は元々、聖護院の流れを汲む寺社の別当の家柄です。そして貴殿も御存知と思いますが、聖護院の歴代のご門跡《もんぜき》は、皇子など帝に縁《ゆかり》のある方々が就任しておられます。ですから、拙者も自《おの》ずと尊皇攘夷を信奉するようになりました」

(こいつは本物だ)

結城は、探していた人物に出会えた喜びを隠しつつ、道三に訊いた。

「俺なら、お主をもっと強くしてやれる。どうだ、もっと強くなりたくないか」

少し考えた後、道三ははっきり答えた。

「強くなりたいです。宜しくお願いします」

道三は深々と頭を下げた。

2

こうして石井道三は剣術師範の結城四郎に入門した。このことは「結城四郎門人書」に記載されている。結城四郎は早くから剣客、尊攘派の志士として活躍していたという。後に相楽総三の檄《げき》に応じて薩摩屋敷に集う薩邸浪士であり、相州荻野の山中陣屋を襲撃した一人でもある。活動中、彼は結城成実、村上誠吾、最上司といった変名を用いたが、どれが本名なのか正確には分からない。出身地も出羽最上説と仙台説の二つある。山中陣屋の襲撃時は二十八歳だったといわれている。

以上の説明は主に『相州自由民権運動の展開』（大畑哲 有隣堂）によったが、実はより結城四郎の正体を窺い知ることが出来る文献がある。『山形市史資料 七九』に所収されている「結城四郎（清介）筆覚書」（武田喜八郎氏解説）によれば、結城四郎が生前に書いた自叙伝的要素を持つ覚書が、子孫が住む家の仏壇の下の引出しから発見されたという。

この覚書の内容は、結城家の由来と自らの出生に始まり、やがて念願の剣術修行のために十七歳で山形の実家を出奔《しゅっぽん》して仙台に赴き、紆余曲折の末に、漸《ようや》く仙台藩第一の剣術師範である狭川《さがわ》北之介道場への入門が叶うところで終わっている。しかし解説の武田氏は、覚書の文面の末尾から、この覚書はここで終わりではなく、残りの何枚かは欠失してしまったのではないかと推測している。

確かに筆者も、この続きに結城四郎の幕末時の活躍が書かれていたであろうと思う。なぜなら、そうでなければ、彼がこの覚書を書いた意味がないと思うからである。しかし彼の幕末時の行動には、後に触れるが陣屋の襲撃や赤報隊への参加など、極力世間に知られたくないような出来事もあったので、それが明るみになることを心配した誰かが、密かに処分したのではないだろうか。

ただし武田氏によれば、覚書には書かれていなくても、結城家の子孫の間には、四郎に関する幾つかの口承が伝っているという。それは、四郎は安政七（一八六〇）年の桜田門外の変に水戸浪士たちに交じって戦ったとか、その後京都に上って朝廷に仕え、明治維新時には軍務官に就任していたとか、明治天皇が京都から江戸に移った時には、護衛として天皇のお供をした、といった具合である。この軍務官については、水野大助（水野丹波）から結城四郎の実家に送られた手紙が山形の結城家に残っており、その手紙に書かれていることが、「覚書」の「解説」に掲載されたその手紙の写真から分かる。

ところが、なぜか結城四郎は明治初年頃に職を辞して郷里山形の実家に戻り、後に彼は現在の新潟県新潟市（旧新津市）に移住して石油の採掘・精製・販売業に従事し、その後企業の経営者として成功したという。明治七、八年頃の彼の新津における仕事ぶりの一端は『北越石油業発達史』にも書かれているが、この頃彼は最上清助と名乗り、後明治十年頃になって結城姓に戻って結城清介と名を改め、以後明治三十三年に六十二歳で没するまで結城清介と名乗っていたという。

では、この結城四郎（清介）と、薩邸浪士として荻野山中陣屋を襲撃した結城四郎とは、同一人物なのであろうか。筆者は以下の理由で、同一人物だと考えている。

一、名前が同じ結城四郎であること。またともに「最上」とも名乗っていること。（最上清助と最上司）

二、年齢が同じであること。前述の「結城四郎（清介）筆覚書」によれば、彼は天保十（一八三九）年の生まれだが、慶応三（一八六七）年に陣屋を襲撃した際の結城四郎は当時二十八歳であり、逆算すると同じ天保十（一八三九）年の生まれになる。（『平田篤胤全集別巻』の「誓詞帳」と「門人姓名録」に、明治二年の結城四郎の平田門への入門時、「三十歳」と記載されている。尚、ここでの年齢は満年齢）

三、出身地が同じであること。従来陣屋を襲撃した結城四郎は、羽前（山形市や上山市）と仙台の二カ所の出身地説があったが、この「覚書」にも山形から剣術修行のために仙台に赴いたことが記されており、従来の二カ所の出身地説と符合する。

四、ともに剣術の達人であり、剣術を指導していたこと。「覚書」によれば、結城清介も新津近辺に四カ所の道場を持ち、地元の子弟に剣術を指導していたという。

五、新潟移住の件。「覚書」には新潟の新津で石油の採掘や精製、販売に携わっていたとされているが、『相楽総三とその同志』でも後日談として、「結城四郎は越後の方で、天然瓦斯《ガス》の温泉宿を営んでいた」と書かれている。石油と天然ガスとの違いはあるが、かなり似通っていると思う。

六、水野丹波の件。「覚書」には結城四郎と水野丹波との親交が記されているが、一方陣屋を襲撃した結城四郎も、薩摩藩邸焼討ち事件後に京都に上って赤報隊に入隊し、いわゆる「偽官軍事件」の後に信州下諏訪から追放されたとされている。従って、こちらの結城四郎も恐らく水野丹波と親しい間柄にあったと思われる。

そこで筆者は、山形にお住まいの武田喜八郎氏に手紙を送り、右の自身の考えを氏に伝え、氏のご意見を伺ってみた。すると武田氏も、二人が同一人物だとする筆者の見解に賛成して下さった。武田喜八郎氏は、山形市史編さん室の主幹も務められた、山形地域史研究の重鎮であられる。

また、山形に住む結城四郎のご子孫にも伺ってみた。すると、やはり二人は同一人物だというご見解であった。しかし、残念ながら新潟に住む直系のご子孫には、同様の質問を試みたが、遂にご意見を伺うことが出来なかった。

3

道三と結城がどこで、どのように出会ったのか、文献上は定かでない。前述の二人の出会いは、筆者の調査・研究に基づく推測であるが、その根拠は、この「門人書」にもある程度求めることができる。そこで、以下少々長いが「門人書」を引用する。（『厚木市史近世資料編（五）』より。なお原本は個人所蔵。地名の表記等、一部筆者が補足した）

（前欠）
一為相弟子就稽古之義、口論仕間敷事、如口伝雖為主人遠慮仕間敷事、右之条々於相背者梵天帝釈・四大天王惣而日本国中大小之神祇、殊伊豆・箱根両所権現、三島大明神・八幡大神・摩利支尊天・氏神々罰冥罰各可蒙罷者也、仍而起請文如件、

結城四郎　源朝輝（花押）

門人

元治元年子十二月　津久井県葛原住（名倉村　神奈川県相模原市藤野町）

和智芳三郎　源郵勝（血判）

甲州都留郡奥山住（山梨県大月市）近藤忠右衛門　藤原朝幸（血判）

同二年丑三月十一日　相州築〔津久〕井県勝瀬住（日連村　相模原市藤野町）

慶応元乙丑十一月十日　同州同県阿津住（若柳村　相模原市相模湖町）
小野信松　源友保（血判）
山口莫蔵　藤原直方（血判）

慶応元乙丑十一月二十九日　相州愛甲郡上荻野村（厚木市）
石井三千蔵　友賢（血判）

同二丙寅年王春（正月）四日　武州多摩郡小山田住（東京都町田市）
随身　森宗次郎　源定信（血判）
同　小川丈次郎　橘義勝（血判）
同　同　伝左衛門　源一義（血判）
同　大谷民蔵　源義貞（血判）
同　薄井磯右衛門　源盛恭（血判）
同　中嶋小太郎（血判）
同　佐藤権十郎　源信行（血判）
同　小山源吉　源保輝（血判）
曽根幸之助　源宜盛（血判）
中嶋金太郎（血判）
薄井初五郎（血判）

佐藤辰五郎

同二丙寅年二月十九日　同州同郡小山住（東京都町田市）小嶋重蔵（血判）

同二丙寅年二月二十一日　同州同郡同住

随身　萩原半蔵　源敬隆（血判）

同　同　勝三郎　源明隆

同　清三郎　源義隆（血判）

同　福三郎　源春隆（血判）

慶応二年丙寅仲冬（十一月）望日　同州同郡図師村住（東京都町田市）

河合与八郎　源義知（血判）

同州同郡小山田庄住　若林百之助（血判）

同　恵之助（血判）

同　房之助（血判）

若林有信内　渋谷善吉（血判）

深沢兼吉（血判）

石川真吉（血判）

慶応三卯年二月二十四日　相州高座郡福田村（大和市）山下伝四郎　源督信（血判）

慶応三卯年五月二十八日　相州愛甲郡円融院（厚木市）自黙菴《あん》　存嶺（血判）

同郡下荻野村（厚木市）鈴木佐吉（血判）

同　孫太郎（血判）

慶応四辰年九月十日　相州鎌倉郡和泉住（横浜市）　安西銀治郎（血判）

慶応三年五月二十八日の欄に鈴木佐吉も載っている。孫太郎はその佐吉の弟だとされている。資料によっては「孫次（二）郎」と書かれているが、本書では孫太郎で通す。

さて門人の初めに戻ると、元治元年十二月の二名は、葛原《とづらはら》（名倉）と甲州都留《つる》郡奥山に住む者である。そして翌元治二年三月の一名が勝瀬（日連《ひづれ》）、慶応元年十一月十日の一名が阿津（若柳）に住む者となっている。（四月六日まで元治二年、七日以降が慶応元年）

つまり、これらの門人記録から、結城四郎は甲州街道を甲州方面から江戸方面に向かって弟子を獲得していることが窺《うかが》えるのである。実際に結城が歩いた行程という意味ではなく、あくまで弟子獲得の方向性である。ただし、元治元年十二月の葛原（名倉）と都留郡奥山の二名の順序だけが逆なのだが、もしかしたらこの二名はいずれかの地で、同時に入門したのかもしれない。しかし、いずれにせよ、甲州街道を甲州から江戸へと弟子を獲得する結城四郎の方向性には、何ら支障がないと思われる。（巻頭の「結城四郎の門人獲得」と「結城四郎の門人分布及び陣屋襲撃事件の関係地」を参照）

そして石井道三であるが、勝瀬（日連）、阿津（若柳）と弟子を獲得した結城四郎が、突然甲州道を南下して上荻野で獲得し、また北上して多摩郡小山田（現在の町田市）で獲得するというのも少し不審な動きである。それでも上荻野でたくさんの弟子を獲得したというのならともかく、石井道三ただ一人である。そこで筆者は、石井の先祖は元々津久井の出だと前述したが、結城は石井をその先祖の地である津久井の者として、弟子入りさせたのではないかと考えている。筆者も実際に訪れてみたが、津久井の根小屋辺りには石井姓のお宅が幾つかあり、また道三の本家に当たる築井家もあった。そう考えると、勝瀬、阿津、津久井、小山田というラインが、より現実味を帯びてくると思うのである。

ただ結城四郎の旅の実際の行程は、勝瀬、阿津、津久井という単純なものではなく、例えば結城は慶応元年の八月一日に、鎌倉郡平戸村（現横浜市戸塚区）の萩原連之助の道場を訪れていることが、萩原道場の来訪者名簿に記載されている。（『幕末関東剣術英名録の研究』渡辺一郎）この事実は、何を意味するのであろうか。結城は勝瀬の小野信松を指導し終わった後、次の入門者を探して、再び放浪の旅を始めたのであろうか。

それはさておき、この萩原道場の来訪者名簿から意外なことが判明した。実は結城が萩原道場を訪れた八月一日に、天然理心流の高部太吉《たかべたきち》の門人である鈴木惣兵衛と、同じく天然理心流の保田司之助《やすだつかさのすけ》の門人である神谷定助と渡辺翁助も、萩原道場を訪れているのである。従って結城と彼ら（鈴木、神谷、渡辺）は、以前からか、それともこの八月一日からかは定かでないが、恐らく面識があったと考えられる。

そこで筆者は、神奈川県大和市の田中八幡宮の奉納額に記載されている保田司之助の門人たちの顔ぶれを確認してみた。すると奉納額の中段の、ちょうど渡辺翁助の隣に、何と石井道三の変名である「筑井満弥」という名が記載されていたのである。（「筑井」と「築井」は同じと考えてよい）従って、遅くとも額が奉納された明治五年の時点では、石井道三は保田司之助の門人だったことが分かった。（巻頭の「奉納額」参照）

あるいは、もしかしたら道三は、結城四郎に入門する前から保田の門人だったのかもしれない。なぜ筆者がそう考えるかというと、道三と同じく結城門人である山下伝四郎も、この奉納額の上段に名前が記載されているからである。そして山下は、保田門の極位目録を慶応三年の六月にうけたのであるが、その四カ月前に結城の門人になっているのである。つまり、この時に山下は、保田門と結城門とに重複して所属していたのである。だから、道三も重複していた可能性は十分にあるのではないか。

では山下はなぜ、わざわざ極位目録伝授の四カ月前に結城門に入門したのであろうか。これは筆者の推測であるが、結城は力術が得意だったらしく、従って結城が教える剣術が実践向きなので、来たるべき決起に備え、山下は重複して所属したのではないだろうか。そもそも天然理心流は実戦向きの流派であるが、それに輪をかけて実戦向きだ、という意味である。それとも剣術とは関係なく、以後の具体的な荻野山中陣屋襲撃を想定した「同志」として、山下は結城の門人になったのだろうか。

また、例えば元治二年三月十一日の勝瀬は小野信松一人、慶応元年十一月十日の阿津は山口莫蔵一人、同年十一月二十九日の石井三千蔵（道三）も一人である。これらは、なぜ一人ずつなのであろうか。筆者は、結城四郎は甲州から江戸へ向かう旅路において、ある程度の間隔をおいた村の名主などの有力者の子弟を弟子にし、その弟子の家に逗留《とうりゅう》し、マンツーマンで剣術を教えたのではないかと考えている。なぜなら、葛原の和智家や勝瀬の小野家、阿津の山口家は、皆名主や豪農なのである。また、そもそも結城四郎は、一カ所に定住して道場を開き、そこで門人を募って剣術を教える定住型ではなく、旅をしながら眼鏡にかなった人物がいれば、その人物の家か近所に滞在しながら剣術を教えるといった、非定住型の人物だったからである。もしかしたら、宿泊代や食事代を払う代わりに剣術を教えたのかもしれない。だから、この「結城四郎門人書」が発見された、高座郡福田村の山下伝四郎家にも結城四郎が滞在していたという伝承が残っており、また後に触れるが、鈴木佐吉宅にも、結城四郎は滞在していたといわれているのである。もちろん、同日に数名が入門している場合には、誰かの家か近所の道場に彼らが集まったのであろう。

従って筆者の推測では、津久井根小屋の石井道三の親戚宅にでも滞在しながら、結城は道三にマンツーマンで教えたのだと思う。ただ、入門日が近い山口莫蔵と道三は同時期に稽古していた可能性があるので、あるいはどこかで二人は一緒に、結城に習っていたのかもしれない。そして重要なことは、そこでは剣術だけでなく、国学（尊皇攘夷思想）や倒幕思想も教えたのではないかということである。つまり結城は、来たるべき決起に備えて、尊皇攘夷や倒幕思想のオルグ活動をしていたのであろう。むしろ剣術よりもそれらの思想の方が、決起の際の「同志」の条件としてはより重要だったのではないか。この結城四郎も明治二年の七月十一日に、道三より半年ほど遅れているが、平田篤胤の没後門人になっているのである。なぜ弟子の道三より、師である結城の方が半年遅いのかは分からない。

元々大男の道三は腕力も相当のものがあり、素質も十分だったので、めきめき上達したであろう。もし結城に入門する前から保田の門人だったのであれば、尚更だったと思う。師の結城四郎も、『平田篤胤全集別巻』の「門人姓名録」に「大力ニシテ撃剣家ナリ」と記されているので、師匠譲りの撃剣家になったのではないか。この辺り、道三はいい師に巡り会ったといえよう。

結城と道三の稽古は、大抵《たいてい》は飯綱権現の境内か、道三からみて本家に当たる簗井家の庭で行われた。二人は四半刻《しはんどき》（三十分）ほど木刀で打ち合いをしてから休憩した。二人とも息を切らしていた。

「はあ、はあ」

「また腕を上げたな」

「いえ、まだまだ先生には及びません」

「道三。そなたは、その剣を何に使う」

「それは、前にも先生にお話ししましたように、尊皇攘夷のためです」

「そのためには、幕府を倒さねばならぬ」

「はい」

「その後、帝が統《す》べる御国《みくに》を実現し、攘夷を行うのだ」

「はい」

結城はひと呼吸置いた。

「道三。帝とは何と心得る？」

「……」

道三は結城の質問の意図が分からず、答えに窮《きゅう》した。

「帝とは神孫であり、現御神《あきつみかみ》であらせられる」

「はっ」

結城の言葉に、道三は自ずと姿勢を正した。

「そして、賤《しず》の男《お》我らに至るまでも、神の御末《みすえ》に相違ないのだ」

「えっ」

「俺もお前も、神の御末胤《みすえ》の御民《みたみ》なのだ」

「はい」

結城の言葉を聞いた瞬間、道三の目が涙で潤《うる》んだ。

「我が日《ひ》の本《もと》の古《いにしえ》には、帝と御民《みたみ》のみが存在し、御民の間に貴賤はなかった。されど御民の中にいつしか『侍』が生まれ、貴賤が生じることとなった」

「はい」

「現在の諸品高値による生活苦も、幕府が帝を蔑《ないがし》ろにして開国・開港したからだ。つまり幕府、言い換えれば『侍』が民の苦しみの源であり、諸悪の根源は奴らにあるのだ」

「はい」

「我らは『侍』をこの世から根絶し、古の和《なご》やかな『均《なら》しの世』を取り戻さねばならぬ」

「はい」

自《みずか》らの進む道が定まり、道三は清々《すがすが》しい気分に浸《ひた》った。

4

少し先走ってしまうが、この結城四郎の門人たちが、慶応三年十二月の相州荻野山中陣屋襲撃事件の際に活躍したといわれているが、この門人書をみる限り、当初結城四郎の念頭にあったのは、荻野山中陣屋ではなく甲府城だったと思われる。前述した通り、元治元年十二月からの剣術指南ルートをみれば、それは明らかであろう。

ではなぜ、結城は元治元年十二月に甲州を発ち、江戸へ向かって剣術指南を始めたのだろうか。誰かがそうするように結城に促《うなが》したと筆者には思われるのである。そうでないと、一人で勝手に剣術を教え、同志を集めようなどと思わないのではないか。しかし元治元年には、薩摩は禁門の変や長州征討で忙しく、甲府城どころではない。相楽総三もこの元治元年には筑波山挙兵に参加したものの挫折し、実家で嫁を貰《もら》った頃であり、とても結城に剣術と思想のオルグ活動を促す状況にはない。あるいは結城自身が筑波山挙兵に参加した可能性もない訳ではないが、実際の参加者名簿には結城の名前はない。(「諸隊名簿」『明治維新草莽運動史』高木俊輔)

そこで思い当たるのが、元治元年四月に、黒駒勝蔵が甲府城を奪取しようとして未遂に終わった事件である。その勝蔵を探索した報告書が残っているので、筆者が現代文に訳したものを引用する。

(前文略)

近頃、甲州代官・増田安兵衛管轄下の八代郡上黒駒村内の若宮という地区において、博徒らが徒党を組み、これに浪人も加わって、しきりに甲冑《かっちゅう》その他の武器を用意している。どうやら甲府城攻撃を計画している模様である。その上昨年の末、代官に内々で面会を遂げてから、益々蛮行が活発化し、村々を動揺させており村民は片時も安心して暮らせない状態に陥っている。万一甲府城が占拠されるようなことがあれば、四方は「天然の嶮」であり、最近は兵糧・金銭等も国内に豊富にあるから、恐るべき事態に発展する。機会を逃さずに即刻討伐すれば、彼《か》の者らの態勢も十分固まっていないから、速やかに壊滅させることができるであろう。悪党共の棟梁の名前は左記の通りである。

長百姓加兵衛悴　勝次郎

（『官武通紀』二）（傍点筆者）

（後文略）

右の報告書には、「浪人も加わって」と書かれている。そして、この棟梁の「勝次郎」が勝蔵だとされているのである。

そして、勝蔵にこの事件を陰で教唆《きょうさ》したのが、神座《じんざ》山に鎮座する檜峯《ひみね》神社の兼武神主である、武藤外記《げき》・藤太親子であったといわれている。兼武神主とは「武士を兼ねる神主」といった意味で、有事の際には武器を携《たずさ》えて戦場へ赴《おもむ》く役割を担っていた神主のことであり、武田氏の統治時代に端を発するという。

この武藤親子が、当時甲州に潜伏していた結城に、来たるべき次の甲府城奪取計画を示し、その準備として剣術を指南しながら同志を糾合《きゅうごう》し、時機を待つように教唆したのではないか。そう考えると、なぜ元治元年頃から結城が門人を集め始め、その出発点が甲州であったのかが、より説得力を持ってくると思うのである。実際、慶応三年十二月の薩邸浪士による甲府城奪取計画にも、武藤親子が主導的立場で関係していたといわれている。

一方、元治元年の甲府城奪取が未遂に終わった後の勝蔵は、清水次郎長との抗争や、竹居安五郎の仇である犬上郡次郎の殺害と忙しく、結城との関わりはほとんどなかったと思われるのである。

ここまでの筆者の推測が正しければ、恐らく失敗した元治元年四月の甲府城奪取計画の際に結城は甲州におり、実際に計画に参加していたのではないか。しかし計画が未遂に終わったので、恐らく檜峯神社の領内にでも潜伏してほとぼりがさめるのを待ち、その間に武藤親子から様々な指導・教唆を受け、元治元年の秋か初冬頃に甲州を発ったのではないだろうか。

かつて、武藤家は徳川家康の甲斐攻略に際して、先陣となって北条氏の駆逐《くちく》に功績を挙げ、その功によって家康より社領を安堵された。従って東照神君のお墨付きを持つ檜峯神社の領地には、地元の代官も容易には口を出せず、常時数十人の志士たちが潜伏していたといわれているのである。それが書かれた資料を引用する。

神座山住居　武藤外記　同悴藤太　同人共宅ニ浮浪士其外潜居人五十人位常ニ有之候よし

(『橋本實梁《さねやな》陣中日記』)

ここでは、武藤家に常時五十人くらいの浪士などが潜伏していたと書かれているが、元治元年四月の甲府城奪取計画の頃には、具体的な蜂起が計画されていたのであるから、もっと多くの浪士がいた可能性がある。この中に恐らく結城四郎もいたのではないだろうか。

また橋本は同じ日記内において、この武藤親子を「甲州奸曲人」と書いている。幾ら草莽の志士たちが帝や公家たちを敬い、帝を頂点にした政府作りに貢献したとしても、公家は草莽たちを評価している訳ではなく、何ら感謝している訳でもないのである。このことは、明治維新の本質を表していると筆者は思う。相楽総三ら赤報隊の偽官軍事件や、高松実村の鎮撫隊の偽勅使事件（小沢一仙が刑死）などが、なぜ起こったのか追究する向きも多いが、筆者はそもそも公家たちが草莽の志士たちに何ら感謝もせず、逆に「奸曲人」などと誹謗《ひぼう》中傷していたところに、根本的な原因があったのではないかと考えている。

5

慶応元年十二月、相州津久井、根小屋村。道三の親戚の家に滞在していた結城は、根小屋村を後にしようとしていた。

「どうしても行ってしまわれるのですか？」

「来たるべき時に備え、同志の数がまだまだ足りん。急がねばならぬ」

「しかし、私はまだ、先生の下で学びたいと思っています」

「いや、お前は立派に成長した。もう俺がいなくても大丈夫だ。後は、自分一人で研鑽《けんさん》に努めればよい」

「分かりました。それで、先生はこれからどちらへ？」

「武州多摩郡の小山田村（現東京都町田市）の方へ行ってみようと思う」

「そうですか。では、いずれまた」

「世話になった。時機が来たら声をかける。それまで精進《しょうじん》を怠《おこた》らずに待っていてくれ」

「はい」

結城は、一人で多摩に向かって去っていった。この後、結城は翌慶応二年の一月四日付で、小山田村に住む十二人を一挙に入門させている。『小島日記三二』所収の「荻野山中藩陣屋襲撃事件と結城四郎」によれば、彼らは全て天然理心流の近藤勇の門人だという。しかし、近藤は京都で新選組を結成して留守だったために、その間隔《かんかく》をついて、結城が門人獲得を狙って訪れたらしい。恐らく結城は近藤の不在を知り、絶好の機会だと思い、小山田村に現れたのであろう。あるいは想像を逞《たくま》しくすれば、池田屋事件は一昨年の元治元年六月五日だったので、新選組が「佐幕」であることを、この頃の結城はすでに聞き知っていたのかもしれない。新選組は、尊皇派の結城からみれば敵対勢力である。だから結城は敵に打撃を与えるつもりで、小山田村に向かったとも考えられる。

また、前掲の「荻野山中藩陣屋襲撃事件と結城四郎」によれば、十二人が入門した一月四日から十一日後の十五日には、結城は同じく武州多摩郡の小野路村の小島家を訪れている。その際、小島家は天然理心流の剣術道場になっていたので、天然理心流師範の西村一平と結城は試合をしたが、二勝一分けで西村が勝利したことが、小島鹿之助が書いた『小島日記』や、鹿之助の父の角左衛門が書いた日記である『聴書』に記載されているという。

第三章　武州一揆

1

慶応二年二月、相州荻野新宿。佐吉の家を井上徳太郎が訪れていた。徳太郎は下荻野村の隣の三田《さんだ》村才戸で茶屋、旅籠《はたご》、雑貨商を営んでいた。

「佐吉さん、間違いねえ。薩摩と長州が手を結んだぞ」

「本当か、そいつは。俄《にわ》かには信じられん。確か奴らは、文久三年の政変や一昨年の禁門の変以来、犬猿の仲だったはずだが」

「どうやら、土佐者が仲介したらしいんじゃ」

「じゃあ、二回目の長州攻めはどうなる。薩摩はどうするんだ」

「三田《みた》の薩摩屋敷の様子じゃあ、どうやら出兵しないようじゃ。何も準備らしいことは、しておらんからのう。それどころか、長州攻めそのものにも反対しているようじゃ」

「しかし、一昨年の一回目の長州攻めじゃあ、薩摩の西郷さんが参謀で活躍し、ほとんど戦もしないで収《おさ》まったんだろう。その薩摩がいないんじゃ」

「ああ、本物の戦になるかもしれん。これは大変なことになるかもしれんぞ」

「徳さん、また何か薩摩筋から分かったら、知らせてくれ」

「あい分かった」

京都の町人で平田国学者の池村久兵衛は、慶応元年十二月二十六日付の中津川の平田門同志に宛てた手紙で、「さいこふより之内意と申は、長と心を一ツにして、さつ皇師ニ起り、会一橋を踏つふすへし」（西郷は内心、長州と同盟し、薩長が官軍となって、会津と一橋を殲滅《せんめつ》することを考えている—筆者訳）と伝えている。（『国立歴史民俗博物館研究報告　第一二二集』）薩長同盟の締結は慶応二年一月二十日なので、まだ締結前なのだが、締結の見通しと西郷らの武力討幕の意向が、すでに平田門人のネットワークによって、各地に伝えられていることが窺える。

井上徳太郎は、妻との間に子供が中々できなかったので、鈴木佐吉の妹のやゝまを養女にしており、佐吉とは深い関係にあった。この徳太郎は、玉川、王子、京王電鉄などの会社役員を歴任し、「私鉄界の先駆者」として知られる井上篤太郎の実父である。『井上篤太郎翁』によれば、「仄聞《そくぶん》するところによると、先考（父の徳太郎）は近郷稀《ま》れに見る人材で、早くから勤王の志に厚く、薩藩などとも交渉があったそうである。小田原の大久保や荻野の山中から今日でいう注意人物として睨《にら》まれていたらしい」（カッコ内筆者、適宜現代語に直した）という。従って筆者は、徳太郎は薩摩屋敷と佐吉とのパイプ役であり、また薩摩は国学（特に平田門）との繋《つな》がりが深いので、その薩摩と付き合いがあった徳太郎も恐らく国学の徒であり、徳太郎が佐吉に国学を伝授していたのではないかと考えている。

2

春。下荻野村、荻野新宿。佐吉宅。

「佐吉つぁん、いよいよ今年はやばいぜ。こう雨が多くちゃ、作物は実らねえし、そのうえ戦《いくさ》ときちゃあ」

市郎が心配そうに言った。

「徳さん、幕府は本気で長州とやるんかな」

佐吉が徳太郎に訊《き》いた。

「そのようじゃ。すでに多くの大名家が、武器、弾薬、食糧を買い集めとるようじゃ」

「うーん。しかし俺は先日、武州から来た博奕《ばくち》打ちに、聞き捨てならねえことを聞いたぜ。何でも武州辺りじゃ、今にも一揆が起こりそうだってな」

「佐吉さん、その話なら儂も聞いとる。じゃが、ことは武州だけじゃねえ。至るところで百姓の怨嗟《えんさ》が渦巻いとる。今に大変なことが起こるかもしれんぞ」

徳太郎が呻《うめ》いた。

「我々も、有事に備えておいた方がいいかもしれねえな」

「佐吉つぁん、備えるって？」

「市郎、何か武器の一つでも、我々も家に備えておいた方がいいかもしれねえってことよ」

「だけど、武器をただ持ってるだけじゃ、役に立たんぜ。やっぱり道三のように使い方を習わねぇと」

「道三がどうかしたのか？」

「あいつ、今師範について、剣術を習ってるんだ」

「道三が剣術を。道理で、最近あいつの姿を見ねえと思った」

佐吉は納得して頷いた。

「あの巨体なら、さぞ頼もしい剣士になるじゃろう」

徳太郎が相槌を打った。

「武蔵坊弁慶のようにな」

佐吉と徳太郎は互いに顔を見合わせ、笑いあった。

「ちょっと二人とも、笑い事じゃないぜ。事は重大で緊急だ」

市郎が言うと、佐吉が軽く咳《せき》払いをして言った。

「確かに」

慶応二年の春頃より、佐吉の家には鑓《やり》が用意されていたという。

それほど、世の中は不穏な空気に包まれていた。西郷隆盛は二月十八日付の薩摩への手紙で、「もし戦争（第二次長州征討）が始まれば、（民衆が）諸方に蜂起すると思われ、すでに甲・信二州の辺りにもその兆しが表れております。ひとたび民衆が蜂起すれば、幕府は瓦解《がかい》すると思います」（『西郷隆盛全集』大和書房、現代語訳筆者）と予測している。この手紙から、民衆の力を評価する西郷の姿勢が窺える。しかし、それ以上に西郷の真意を探る上でも、この手紙は極めて重要なので、また後《のち》にふれる。

　幕末時には、世の中が不穏な空気に包まれてくるにつれて、主に護身用として、百姓や町人の間でも剣術を習う者が増加していた。

3

　荻野新宿。旅館、釜屋。飯山観音の祭りに来ていた、えんとみきの家である。姉妹の父は井上左七、母はシマといった。左七は旅館の主人であった。

　ある夜、書斎にいた左七が長女のえんを呼んだ。

「お父様、何か御用でしょうか？」

「おお、えんか。まあ、ここに座んなさい。たまにはゆっくり話そうじゃないか」

「はい」

（どうせ、またあの話でしょ）

　えんには、父親の言いたいことが分かっていた。

「えんい、お前ももう十八だ。そろそろ婿《むこ》をもらってはくれまいか」

「お父様、そのお話でしたら」

「お前の気持ちは分からんでもないが、お前は三人姉妹の長女で、男の兄弟はおらぬ。だからお前は婿養子をもらい、この伝統ある釜屋を継がなければならんのだ。分かるな」

「はい」

「まだ、山川の悴《せがれ》のことが忘れられんのか」

「いえ」

えんいは、突然父親が「山川」と言ったので、ドギマギして思わず下を向いた。

「あの男は駄目だ。貧乏な上に、賭場に出入りして、一端《いっぱし》のヤクザ気取りだ。あんな男に、この釜屋を任せることなどできん。悪いことは言わん。えんい、諦《あきら》めなさい」

「お父様。お言葉ですが、市郎さんは立派な方です。正義感が強くて、常に弱い者、貧しい者の味方になろうとなさいます」

「そんなことはどうでもいい。この釜屋の主人に相応《ふさわ》しいかどうかが重要なのだ」

「……」

えんいは、どう言ったらいいか分からず、黙り込んだ。

「そりゃあ儂だって、できればお前には好きな相手と添わせてあげたいと思う。だが我々にとっては、お前の気持ちよりも、ご先祖様から受け継いだ伝統を守ることが大事なんだ。

そういう家に生まれた宿命だと思って、どうか諦めておくれ」

「では、どうか妹たちに婿養子を」

えんには、みきととらの二人の妹たちがいた。

「えん。私は、お前に期待しているのだ。お前は女にしては度胸があり、頭もよい。旅館の女将《おかみ》にぴったりだ。お前がこの釜屋を切盛りすれば、釜屋は繁盛間違いなしだと思うんだが」

「お父様、どうかお許しを」

「まだ分からんのか。えん、あの男と一緒になれば、必ず苦労する。いつか必ず後悔する。さっきは伝統を守るためと言ったが、それでも父が娘の幸せを願っていることに偽りはない。その父の気持ちが、なぜお前には分からんのだ」

「申し訳ございません、お父様」

どうにも堪《たま》らなくなったえんは、突然父親の書斎を出ていった。

「待ちなさい。えん」

勢い余ったえんは、そのまま家を飛び出した。

釜屋の先祖は、永禄十二（一五六九）年の十月に武田と北条との間で争われた三増《みませ》の戦いの際、負傷や病気で甲斐に帰れなくなった武田側の武士たちの一人であったという。

家を飛び出したえんは、大山道を大山方面に向かって走り、荻野川に着いた。辺りは真暗で何も見えないが、水の流れる音だけが聞こえていた。えんは嫌なことがあると、よくこうして荻野川の土手に座り、一人で川のせせらぎを聞いていた。すると、不思議に気持ちが落ち着いてくるのだった。

(そういえば、市郎さんと初めて出会ったのも、ここだったわ)

それは、二年ほど前のことだった。今日と同じようにえんが一人で土手に座っていると、ちょうど通り掛かった市郎が、心配してえんに声を掛けたのだった。男性から、それも見ず知らずの男性からやさしい言葉を掛けられたことなど、勿論えんには初めてのことだった。それからも度々、偶然二人はここで会って言葉を交わすようになり、いつしか約束して逢瀬《おうせ》を重ねる仲になったのだった。

(結局お父様も私のことを、子を産み、家を継ぐための道具としてしかみていない。いいえ、お父様だけじゃない。世の中の親たちは皆、子を自分の希望を叶える道具として考えているんだわ)

いつの間にか、えんは考え事に没頭していた。

(お父様の言うことはよく分かるし、普通に考えれば多分正しい選択なんだと思う。けれど婿養子をもらって旅館の女将になることなど、自分には考えられない。お父様には済まないけど、退屈なことだと思う。ううん。というか、自分にはもっと違う生き方があると思う。体の奥から熱い何かを迸《ほとばし》らせて、全身全霊を傾けて取り組むような何か。その何かに、ともに取り組んでくれるのは……）

「よう、えん。どうしたんだ」

「市郎さん」

えんが振返ると、提灯《ちょうちん》を持った市郎が立っていた。市郎は、荻野新宿の佐吉の家から飯山村の自宅へ帰る途中だった。

「あれ。今日は、約束の日だったかな？」

「ううん。ちょっと、一人で考え事をしていたの」

「そうか。まあ折角《せっかく》だから、隣に座るぞ」

えんは横にいる市郎の顔を見て一瞬嬉しくなったが、すまして言った。

「今日も佐吉さんの所？」

「ああ」

「また博奕？」

「そんなんじゃない。もっと大事な話だ」

「どんな？」

「今は詳しいことは言えない」

「なぜ？　なぜ私には話して下さらないの。私が女だから？　私だって、市郎さんと同じ志《こころざし》を持っているつもりです」

「聞き分けのないことを言うんじゃない。……話すべき時がきたら話すから」

「……はい」

えんはしょんぼりして口をつぐんだ。

「それより、どんどん世の中が物騒になっていく。お前も、夜中に一人でこんなところに来るのは、もうやめた方がいいぞ」

(そんなに心配なら、夫婦《めおと》になって、私を守ってくれればいいのに)

えんは横の市郎に気づかれないように、微《かす》かに頬《ほほ》を膨《ふく》らませた。

後年、えんは女性の結社である愛甲婦女協会の創立に尽力する。そんな精力的なえんという女性の土台を作ったのは、この時の父親との確執《かくしつ》だったのかもしれない。

4

慶応二年六月。荻野新宿、佐吉の家。

「大変だ、佐吉つぁん。ついに武蔵の百姓が立ち上がったぞ。ぶちこわし(一揆)だ」

佐吉の家に駆け込んできた市郎が、息を切らせながら言った。

「武州のどこだ？」

「津久井にいた道三の方が詳しい。おい、道三」

「はい。始まりは、秩父だと聞いています」

「それで、奴らは相模に来るのか？」

「いえ、北の上州方面へ向かっているようです」

「そうか、そいつは一安心だな。しかし油断はできん」

一般に武州一揆といわれる一揆は、慶応二年六月十三日に武蔵国秩父郡上名栗村の百姓らによって起こった。一揆勢は主に米価高騰によって困窮した貧農・貧民で、商人・生糸仲買人・豪農らに対し、米価の引下げ、質地・質物の返還、施米・施金の実施などを要求した。

一揆の知らせを聞いて、井上徳太郎と北条存嶺《ぞんれい》も慌《あわ》てて佐吉宅にやって来た。存嶺は下荻野の荻野新宿にある法界寺の住職だった。

「わざわざ和尚まで。いったいどうしたんです」

佐吉が目を見開いて言った。

「一大事だと思ったんじゃや。若い者《もん》が早まってはいかんからのう」

存嶺は市郎と道三の二人を見て言った。

「やっぱり心配した通りじゃやった。戦に加えて、この悪天候。これでは百姓の家に食い物はないじゃろう。そして、飢えた百姓には一揆に走るしか選択肢がなくなる」

徳太郎が独り言のように呟《つぶや》いた。

第二次長州征討は、同月七日の幕府艦隊による周防大島への砲撃を皮切りに、すでに戦闘が開始されていた。

「佐吉つぁん、俺達も立ち上がろう。佐吉つぁんはいつか俺たちに言ったよな。時が来るまで待てってって。今が、その時なんじゃやねえか」

市郎の言葉に、道三も続いた。

「私もそう思います。武州の仲間たちを見殺しにする訳にはいきません」

市郎も道三も真剣だった。

「今は止《や》めとけ。まだ、その時じゃやねえ」

佐吉は煙管《きせる》のたばこに火をつけ、ゆっくり喫《す》いながら言った。

「いや、今しかねえ。こんなに広範囲で、大人数でやるぶちこわしなんて、これまで聞いたことがねえ。このぶちこわしで、一挙に世直しができるかもしれねえ」

市郎は大声で一気に捲《まく》し立てた。横にいた道三も頷いた。

「いや、違う。奴らに未来はねえ。すぐに鎮圧される。なあ、徳さん」

佐吉が徳太郎に言った。

「ああ、儂もそう思う」

「なぜだ、徳さん」

市郎は徳太郎に詰め寄った。徳太郎は佐吉の顔を見た。佐吉が頷いたので、徳太郎は市郎と道三に言った。

「幾ら大人数でも、所詮奴らはただの百姓の集まり、つまり烏合《うごう》の衆じゃ。大きな一揆に過ぎん。じゃから、早晩鎮圧されるじゃろう。いつものようにな」

「じゃあ、佐吉つぁん。その時というのは、どういう状況のことを言うんだ。いつまで待てばいいんだ」

「百姓だけじゃなくて、侍の力を借りるのよ。それも巨大な侍集団の力をな」

「侍集団って？」

「今は、まだ詳しいことは言えん」

「それと、学問じゃ。学問による強固な結び付き。これがないと、結束が弱かろう」

徳太郎が言った。存嶺も頷いた。市郎はどうにもよく呑み込めないようだったが、道三は何かを察知したようだった。

「とにかく、その時がきたら全て話すし、その時が来るのも近い。だから自重して待っていてくれ」

佐吉は市郎と道三に念を押した。

その後一揆は幕府、諸大名の兵に加えて、関八州取締出役《とりしまりしゅっやく》、農兵らの出動によって鎮圧され、同月十九日に終息した。こうして一揆は僅か七日間で終結したが、この一揆に参加した民衆は十数万人とされ、徳川幕府の倒壊を早めたともいわれている。関八州取締出役とは関東取締出役ともいい、関東八州を巡回して犯罪を取り締まるなどして、治安の維持に努めた幕府役人のことである。

5

慶応三年五月。荻野新宿、佐吉宅。石井道三が、連れてきた剣術師範の結城四郎を佐吉に紹介した。

「先生、本当にあっしらのような者《もん》が、剣術を習えるんですかい」

佐吉がおそるおそる訊いた。

「これまでに、武器を手に取ったことはありますか」

「つまらねえ喧嘩で小刀を振り回したことは、これまでに幾度もありやすが、本物の刀や鑓は初めてです。ほれ、そこの壁に去年から鑓が飾ってありやすが、まだ手に取ったことはありやせん」

「小刀でも十分です。誰でも初めはそんなものです。どんな達人でも、初めから上手《うま》かった人はいません」

「そうですかい。そいつはありがてえ。で、決起の細かい部分はもう決まってるんですか」

「まだです。私は、その時に備えて、剣術と学問（尊皇攘夷と倒幕思想）を広めるように命じられているだけです。ですが、その時が近づいていることは確かです。京都はかなり緊迫した状況だと聞いていています」

「そうですか。とにかく、宜しくお願えしやす」

ちょうどそこに、法界寺の住職である北条存嶺も現れた。

「和尚、まさかあんたも」

「そうじゃ。だから以前より、道三に頼んでおいたのじゃ。拙僧も剣術を習いたいとな」

「しかし、あんたは仏に仕える身だろう。それが剣術とは、あんた気は確かか」

「拙僧なりに考えた末のことじゃ。経文を唱えているだけでは、決して衆生《しゅじょう》の苦しみは救えないと悟ったんじゃ。必ず、御仏もご理解下さるじゃろうて」

「だけど、俺たちの目標は、単に剣術の上達だけじゃないんだぜ。大きな声じゃ言えねえが、世直しの決起が最終目標よ。それでも、あんた剣術を習いたいのか」

「望むところじゃ。そこまでせねば、剣術を習う意味がなかろう」

「呆《あき》れたねえ」

佐吉は「お手上げ」といった意味の姿勢をした。

前掲の結城四郎門人書によれば、鈴木佐吉と弟の孫太郎、法界寺の僧北条存嶺の三人は、慶応三年五月二十八日付で入門している。

法界寺住職の北条存嶺は教養もあり、和歌を数首残している。例えば『類題新竹集《るいだいしんちくしゅう》』

（猿渡容盛《さわたりひろもり》編）には三首選ばれている。その中の一首を次に引用する。

うつり行世のことのはもたち花のむかしなからにかをれとそ思ふ　存洞

存洞とは存嶺の号である。また和歌を嗜《たしな》む以上、恐らく彼は国学の知識も有していたと思われる。そういえば、右の和歌も懐旧の情を詠《うた》ったものであり、帝（朝廷）が直接国を治めていた古《いにしえ》を懐かしんだ、尊皇の歌と解釈することも出来よう。

6

数日後、市郎は佐吉宅を訪れた。佐吉は結城四郎の猛稽古のせいで体中が痛いらしく、片足を引きずっていた。

「痛てえ痛てえ。年食ってから急に剣術なんてやるもんじゃやねえな」

「ははは。佐吉つぁん、博徒の親分もすっかり形無しだな」

「前に手鎖させられたことがあったが、あれ以来の無様《ぶざま》な姿よ」

「あれは四年前だったっけ。佐吉つぁんには悪いけど、あん時は笑わせてもらったよ」

「こいつ」

「ははは」

二人は声を出して笑った。文久三年三月、佐吉は他の百姓一名とともに賭博勝負に関わった廉《かど》で、手鎖の上、村預けになっている。

「ところで市郎、お前も結城先生に弟子入りせんか」

「俺はいいよ」

「なぜだ」

「佐吉つぁん、剣術を習いたいのは山々だが、俺はどうも国学って奴が苦手なんだ」

「どういうことだ」

「尊皇攘夷や倒幕ってのが、どうも俺にはしっくりこねえんだ」

「――」

佐吉は、じっと市郎の顔を見つめた。今まで、そんなこと考えもしなかったが、言われてみれば確かに共感できる気がした。

「佐吉つぁんも知ってる通り、爺さんの代まで、俺の家は名主だった。それまで地元の飯山村じゃ、割といい顔だったんだがな。それが、横浜が開港して以来の物価高で、生活が次第に苦しくなってな」

「……」

佐吉には、掛ける言葉が見つからなかった。市郎の家のことは、佐吉もそれとなく聞いて知っていた。

「けど、うちの爺さんも親父も御人好しでさ。俺もその血を引いてるのかもしれねえけど、貧しくて困っている人を見るとほうっておけねえんだ。だから、近所の難儀している百姓衆に銭や食い物を恵んでいるうちに、気付いたら名主でなくなっていたばかりか、一気に貧乏になっていた。挙句《あげく》の果てに、爺さんは体を壊して寝込んじまうしな」

なおも佐吉は黙って聞いていた。

「だから俺は、貧しくて生活が苦しい人たちのために世均《よなら》しがしてえんだ。俺は政《まつりごと》にはあまり興味がねえ。大きな声じゃ言えねえけど、世を統《す》べるのは天子様でも将軍様でも、民の暮らしが楽になりさえすりゃあ、どちらでもいいと思ってる。いや、今、世を治めている幕府が駄目だから、苦しむ民の為に幕府を倒そうというのは分かる。だけど、それじゃあ果たして天朝様は、本当に幕府よりも民のことを考えてくれるのか。天朝様の世になって、かえって民の生活が苦しくなることはねえのか。正直、俺はそいつが気掛《きが》かりだがな」

市郎の言葉を聞いていた佐吉は、思わず目を見開いた。

「市郎、滅多なことを言うもんじゃやねえ」

表情がにわかに蒼《あお》ざめ、佐吉は慌てて市郎を制した。だが実は佐吉も、同じような違和感を以前より抱えていた。

「とにかく、俺は尊皇だ倒幕だといったことに、いまいち熱くなれねえんだ」

佐吉はすぐに冷静さを取り戻し、市郎を諭《さと》すように言った。

「いや、市郎。実は俺も正直言って、尊皇攘夷や倒幕にはどうも馴染《なじ》めんと前々から思っていた。結城先生や徳さん、道三のようにはな。だから、俺は国学の話はほとんど聞き流して、剣術だけを教わろうと思っている。それでいいんじゃねえか」

「……」

今度は市郎が考え込んだ。

「すぐに答えを出せとは言わん。しばらく考えてみてくれ。だが俺たちの目標のためには、やはり剣術はどうしても必要だ。お前だって、それは百も承知だろう」

「うん」

しかし結局、市郎は結城四郎の門人にはならなかった。

7

慶応三年九月、荻野新宿、佐吉宅。結城四郎は数日間佐吉宅に滞在し、門人たちに稽古をつけていた。結城四郎の剣術の流派は何だったのか。一説には近藤勇と同じ天然理心流だともいわれるが、直心影流《じきしんかげりゅう》だとする向きもある。ただし、前述の通り「大力ニシテ撃剣家ナリ」といわれるくらいであるから、技術というよりは、むしろ力技を駆使した激しい剣術であったことが窺える。ゆえに、稽古における佐吉たちの苦しみも、かなりのものだったであろう。

「はあ、はあ」

「もう駄目だ」

自宅の庭で、佐吉と弟の孫太郎が伸びていた。その佐吉の隣で、存嶺が竹刀を素振りしていた。存嶺はさほど疲れてはいないようだった。

「和尚さんよ、あんた見掛けによらず筋がいいな」

「かつて僧兵は恐れられたもんじゃ。坊主を甘く見ると痛い目に遭《あ》うぞ。ははは」

存嶺は高笑いをした。

「へっ。頼もしい限りだねえ」

佐吉はそう言うと、堪《たま》らずに井戸に行って水を飲んだ。すると、四郎と道三の地稽古《じげいこ》（試合のように、自由に技を掛け合う稽古。柔道でいう乱取り）が目に入ってきた。巨漢同士の二人がぶつかり、激しく竹刀を打ち合う様は、迫力満点だった。

「すげえな」

佐吉は、しばらく二人の稽古に見とれていた。

そんな中、徳太郎が慌《あわ》てて佐吉宅にやって来た。

「大変だ、佐吉さん」

「どうしたい」

「薩摩の兵が京都に着いたらしい。そのせいか、江戸の薩摩屋敷もピリピリしとる。こいつは、いよいよ始まるかもしれんぞ」

「そうか、いよいよか」

「だから儂の店から、刀や鑓、鉄砲、弾薬を見繕《みつくろ》って持ってきたぞ。お主《ぬし》の家に置いと
いた方がいいと思うてのう」

「そいつぁ、ありがてえ。しかし、相変わらず徳さんも気が早《はえ》えな」

「性分《しょうぶん》じゃや。仕方なかろうが」

「違《ちげ》えねえ。ははは」

第四章　薩邸浪士

1

慶応三年十月。京都の茶屋。五人の男たちが静かに酒を酌《く》み交わしていた。

「おはんら江戸に行って、存分にまぜっ返して来やったもんせ」

西郷吉之助（のちの隆盛）が言った。

「はっ」

三人の男たちが答えた。相楽総三と島津家家臣の伊牟田《いむた》尚平、益満《ますみつ》休之助の三人だった。

伊牟田は、正確には島津家家臣の肝付家の家臣であり、西郷ら島津家家臣から見れば一段低い陪臣であったが、こういうことに西郷は全く拘《こだわ》らなかった。よって、本書でも伊牟田を島津家家臣として扱うことにする。

「西郷さん、ようやく決心して下さいましたか」

相楽が言った。

「はい。土佐が大政奉還の建白をすると言うて、いたずらに時が掛かってしまいもした。じゃっどん、もうおいは決めもした」

西郷の隣にいた大久保一蔵（のちの利通）も頷いた。

「じゃっどん、もし幕府が大政を奉還したら、どうしもんそか？」

伊牟田が訊いた。

「幕府が自ら権力を手放すとは考えられもはん。じゃっどん、そん為のおはんらでごわす」

「……」

三人は、即座には西郷が言った意味が分からなかった。それを見て、側《そば》で聞いていた大久保が補足した。

「幕府が大政を奉還したところで、幕府の権力、つまり徳川家の権力は残りもす。そいでは新しい世の中は決して築けもはん。じゃっで、我らはあくまで武力討幕を推し進めもす。そん為に、おはんらに江戸で働いて欲しいのでごわす」

「すまんが、明日にでも京都を発って欲しか。江戸の薩摩屋敷には、話はしてあいもす」

『桐野利秋日記』（ＰＨＰ研究所）によれば、十月三日付で「益満休之助ほかに弓田正平、今日より江戸へ送り出されるとのこと。もっとも、彼表において義挙のつもりである」と記されている。「弓田正平」は伊牟田尚平のことであろう。従って、彼らと西郷、大久保との「別れの盃」は、十月二日以前ということになる。

相楽総三は尊皇攘夷の志士で、天保十（一八三九）年に江戸、赤坂で生まれた。本名は小島四郎左衛門将満といい、この時二十九歳だった。相楽の父である小島兵馬は、下総国相馬郡（現茨城県取手市）の郷士で豪農・名望家であった。その父親の庇護の下、相楽は国学と兵学を修め、二十歳の頃には塾を開いて国学と兵学を教授するようになり、百名ほどの門人を従えていたという。やがて相楽は尊皇攘夷を信奉して倒幕運動に参加するようになり、上州赤城山挙兵に関与し、また筑波山挙兵に参加し、今回の西郷の要請に応えて江戸擾乱《じょうらん》活動にも参加した。後《のち》、相楽は赤報隊を率いて中山道を行軍するが、途中の下諏訪において、命令、軍規違反等を咎《とが》められ、赤報隊は「偽官軍」であるとして処刑された。

伊牟田尚平と益満休之助の二人も、江戸擾乱活動や戊辰戦争において活躍するも、相楽同様に悲運であった。伊牟田は、慶応三年十二月の江戸城二の丸焼失を実行したといわれているが、明治二年に脱藩と強盗傷害・殺人の罪で斬罪の上梟首された。アメリカ使節ハリスの通訳だったヒュースケンを殺害したのも伊牟田だとされている。一方の益満は、勝・西郷会談の前に勝の命を受けて、山岡鉄舟を駿府にいた西郷の元に送る大役を務めたが、彰義隊との上野戦争の時に流れ弾に当たって死亡したという。

江戸三田の薩摩屋敷に着いた相楽たちを、すでに西郷からの指示を受けた、島津家家臣で留守居役の篠崎彦十郎、監察の児玉雄一郎らが迎えた。相楽は早速、全国の同志に、三田の薩摩屋敷に集結するよう呼び掛けた。同志たちは続々と集まって数百人規模となり、薩邸浪士隊と呼ばれた。

やがて、彼らを束ねる組織が作られた。組織の幹部は、総裁が相楽総三（本名・小島四郎）、副総裁が水原二郎（本名・落合直亮《なおあき》）、大監察が刈田積穂（本名・権田直助）など、計十六名で構成された。浪士たちは、彼ら三人のように多くが変名を用い、相楽が富裕な郷士の出身で塾を開いていたことに象徴されるように、農村の富裕層や知識人が多かった。彼らの多くが国学、中でも平田国学の信奉者であったことも大きな特徴であった。

また、留守居役の篠崎や監察の児玉をはじめ、伊牟田や益満、他の島津家の家臣たちも、以前に薩摩を脱藩して浪人となっていた者たちを除いて、表向きは一切浪士隊には加わっていない。さらに浪士隊員たちは無報酬であった。つまり、薩摩藩は屋敷だけを提供して、人員や資金は一切提供せず、極力無関係を装っていたのである。

相楽の檄文は、相州荻野新宿の佐吉の下にも届いた。知らせを聞いて、皆が集まった。

「みんな、ついにその時が来た。我らは相楽総裁以下、薩摩屋敷に結集し、決起する」

皆、息をのんだ。自然に、声を低く抑えるようになっていた。

「いよいよか。で、いつ、どうやるんだ」

「慌てるな、市郎。詳しいことはまだ分からん」

「では、我らは今後どうすれば？」

「道三、まず俺が薩摩屋敷に入る。恐らくそこで、相楽総裁から詳しい指示があるだろう。皆は、その指示を待っていて欲しい」

「佐吉さん一人で大丈夫かい？」

「徳さん、心配ない。向うには結城四郎先生もおられるはずだ」

一同は静まり返った。皆、かつて経験したことのない大一番を前に、必死に冷静さを保とうとしていた。佐吉が、皆の顔を一通り見回して言った。

「皆にお願いしたい。くれぐれも幕府側にこのことを察知されないように注意してくれ。だから、その為にも普段通りの暮らしをして欲しい」

皆、無言で頷いた。

「あと、特に和尚に頼みたいんだが」

「何じゃ」

「朝、昼、夕方、法界寺の庭を箒《ほうき》で掃いてくれないか。その際、荻野山中陣屋に特に変わった動きがないか、見張っていて欲しいんだ。法界寺の庭からなら、陣屋がよく見えるだろう。で、もし陣屋が何か騒いでいるようなら、この徳さんに知らせて欲しいんだ」

「承知した」

2

通説では徳川慶喜が大政奉還を朝廷に奏上し、朝廷がこれを勅許したことで、西郷は武力討幕に行き詰まりを感じ、その口実を得るために、相楽らに江戸擾《じょう》乱を命じたとされている。しかし筆者は、この通説は正しくないと考えている。確かに江戸擾乱は行われ、結果的にそれは成功し、庄内藩を中心とした幕府軍が江戸の薩摩屋敷を焼討ちし、鳥羽・伏見の戦いが起こった。だが、この江戸擾乱活動は、当初から口実作りの挑発だけを目的としたものだったのだろうか。

筆者は違うと考えている。その根拠の一つは、江戸の薩摩屋敷に集った浪士隊の副総裁を務めた落合直亮が、後年語ったとされる言葉である。『維新史の再発掘』（高木俊輔）より引用すると、

一方に野州、一方に甲州、又その一方に相州と、各所に事を起こし、徳川幕府の力を分散させ、江戸が薄弱になるのを待ち、一挙に江戸を襲う、こういう方策でした。

右の引用文の元になったものは、恐らく『史談会速記録』や『薩邸事件略記』だと思われる。重要なので、その両方とも引用しておく。

幕府の政治を妨害し、其怒りに触れて兵端を開かすより外はありませんので、もし具合がよければ一気に江戸中焼き払ってしまおうと云うような相談をした事で御座いました

（「史談速記録　第十二輯」『史談会速記録　合本三』原書房）

十二月一隊を甲州に、一隊を野州に、一隊を相州に派遣し四辺を擾乱しようとした。もし幕府が歩兵を派遣するに及べば、其の虚に乗じて江戸城を屠《ほふ》ろうとの策略であった

（「薩邸事件略記」『相楽総三関係史料集』信濃教育会諏訪部会編）

右の二文は、ともに落合直亮自身の述懐《じゅっかい》であり、適宜筆者が現代語に変換したものである。どちらも、最終的な攻撃目標は「江戸」であることが明記されている。

一般に我々が江戸擾乱活動として思い浮かべるのは、相楽の勧誘によって薩邸に集った悪漢たちが、江戸市中で散々悪事を行い、その挑発に乗って幕府軍が薩邸を襲撃してしまったために、戊辰戦争が起こったのだというものであろう。

しかし、このような挑発行動は、実は薩邸浪士隊の活動の後半に当たり、野州、甲州、相州の事件はその前半に当たるのである。従って、前半の三地点での襲撃（挙兵）は実は幕府への挑発ではなく、幕府を倒そうとしたものだったと、筆者は考えているのである。

なぜなら前掲の全ての引用文で、落合は「目標は江戸」と明言しているからである。この「江戸」には当然「江戸城」も含まれるし、「江戸城＝幕府」と考えて差支えないであろう。つまり、薩邸浪士隊の当初の目標は、もしやれるなら、自分たちだけで（京都からの官軍の到着を待たずに）幕府を倒してしまうことだったと筆者は考えているのである。

ただし、前章で触れた武州一揆では十数万人の民衆が決起したといわれているが、このくらいの人数が決起した場合に限った話である。しかし、武州一揆は倒幕までは考えてなく、あくまで自分たちの要求を通すことが目的だったのであり、また武士は参加せず、百姓・町人らの一揆だったために、僅《わず》か一週間程度で壊滅してしまった。それでも、武州一揆は徳川幕府の倒壊を早めたとされているのである。それが、今度は相楽たち浪士に加え、西郷ら薩摩藩と平田国学の門人たちが、決して表《おもて》だってではなく水面下ではあるが、決起の後押しをするのである。

では、この時の西郷の心境はどうだったのか。それは、前掲の引用文によって推測できる。もう一度引用すると、

若しや戦（第二次長州征討が）相始まり候わば、（民衆が）諸方に蜂起致すべく、甲・信二州の辺にも其の萌《きざし》相顕れ候由、一度（民衆が）動き立ち候わば、（幕府は）瓦解《がかい》致すべき事と存じ奉り候。（『西郷隆盛全集』大和書房）（カッコ内筆者）

この手紙が書かれたのは慶応二年の二月なので、江戸擾乱活動の頃とは一年半以上開きがあり、必ずしも慶応三年十月頃の西郷の考えとはいえないかもしれない。しかし、それでも西郷が考えを改めたことが分かる証拠が存在しない限り、この思考が継続していると捉《とら》えて差支えないであろう。この手紙は武州一揆の前に書かれているので、あるいは西郷は武州一揆を想定してこの手紙を書いたのかもしれない。だが、いずれにせよ相楽らに江戸擾乱活動を指示した時点で、西郷は「もしかしたら、相楽たちが幕府を倒してしまうかもしれない」と思っていたと、筆者は考えるのである。もし相楽たちに幕府を倒されるのが嫌なら、「お前たちの役目は擾乱（挑発）だけだ」と明言するはずである。

ということは、もう一歩踏み込んで考えると、西郷は相楽たちに幕府を倒させたかったのではないか。「お前たちは擾乱（挑発）だけだ」と言って釘を刺さず、「お前たちが幕府

を倒してもいい」と思っていたということは、そうなることを覚悟していたということである。ということは、「お前たちに倒させたい」とほぼ同義だと筆者は思うのだが、どうだろうか。

またこのように考えると、翌慶応四年に相楽が赤報隊を率い、年貢半減を謳《うた》って官軍先鋒を務めることを西郷が許した理由も、分かると思うのである。西郷は年貢半減に歓喜した民衆が相楽の下に集まり、大群衆となって幕府を倒してしまうことを期待したのではないか。

西郷自身には一切の私利私欲がない。それは明治六年の征韓論争に敗れた際、西郷は軍を掌握していたのであるから、その気になればクーデターを起こして政権を奪取することも十分可能だったのに、それをしないで呆気《あっけ》なく下野、帰郷したことからも分かる。また主君（の父親）の島津久光や、他の毛利や山内などの殿様たちにも、天下を取らせたくはなかった。彼らに天下を取らせたかったのであれば、幕末時相楽たちに釘を刺したはずである。また征韓論争時に置き換えれば、クーデター成立後に、自らは退いて久光に天下を譲ればよかった。しかし西郷はそれらをしなかった。

一方、では西郷は尊皇思想の下に、幕府を倒して朝廷（＝天皇）に政権を取らせたかったのかというと、筆者はそれも違うと考えている。なぜなら、西郷は一応尊皇攘夷派に属してはいるが、実はさほど尊攘思想に染まってはいないからである。それは、左記の有馬藤太の証言からも窺える。

それから西郷先生のところへ行って攘夷の件について教えをこうと、

「ア、お前にはまだいわなかったかね。もういっておいたつもりじゃったが。ありゃ手段というもんじゃ。尊王攘夷というのはネ。ただ幕府を倒す口実よ。攘夷攘夷といって他の者の志気を鼓舞するばかりじゃ。つまり尊王の二字の中に討幕の精神が含まれているわけじゃ」

といわれた。初めて多年の迷夢がさめ、攘夷はせぬものだということがわかった。

（『私の明治維新』産業能率短期大学出版部）（傍点筆者）

引用文において、西郷は尊攘思想を討幕に利用しようとしている。この西郷の言動からは、尊攘思想とは一線を画した冷静な姿勢が窺えるのである。ただし西郷は平田国学には興味を示し、気吹舎《いぶきのや》（平田門の学舎）を度々訪れているが、正式に入門してはいないのである。

従って、西郷は主君である当時の島津家や朝廷には、さして忠誠心を持っていなかったのではないか。一方、その西郷が唯一忠誠心を持っていたのは、当時はすでに亡くなっていた島津斉彬であった。その斉彬は「民富めば君富む」（『島津斉彬言行録』岩波書店）と言って、領民を慈しむこと甚大だったと言われているが、西郷も斉彬の遺志を受け継いで民衆を慈しみ、それをさらに発展させて民衆に幕府を倒させ、民衆が主役の国を作ろうとしたのだと、筆者は考えているのである。

もう一つ、西郷が民衆寄りの人物だったと筆者が考える根拠は、西郷が「時来れば牲犢《せいとく》応《まさ》に烹《ほう》に遭うべし（時が来れば、生贄《いけにえ》の牛は煮られる＝筆者訳）」や「犠牛杙《くい》に繋がれて晨烹《しんぽう》を待つ（生贄の牛がくいにつながれ、祭りの朝煮られるのを待っている＝筆者訳）」といった漢詩を残しているからである。前者は西郷が請《こ》われて薩摩藩の藩政に携わる前の明治元年か二年頃、後者は同じく請われて明治新政府に出仕する直前の明治四年の作だとされているが、なぜ西郷はこの頃、このような心情を抱くようになったのか。何か重大な切っ掛けが無ければ、このような厭世《えんせい》的な感情は持たないであろう。その理由を筆者は、新政府による相楽総三ら草莽《そうもう》たちの冷酷な切り捨てに対し、西郷が心を痛めたからだと考えている。そしてこの論理に立てば、西郷が相楽総三らの処刑を決断したのではないと考えられるのである。

3

慶応三年十一月頃。江戸三田の薩摩藩邸内で、今後の江戸擾乱計画が話し合われた。当初の浪士隊の活動は、前章で引用した落合直亮の談話の通り、江戸を中心とした三地点、野州（下野《しもつけ》）、甲州、相州での挙兵であった。この三地点での挙兵が計画された理由は、江戸に近すぎも遠すぎもせず、且つ東北地方や中部地方から江戸に通ずる道を塞《ふさ》ぐことができるからだという。つまり、江戸市中で挙兵することは、すぐに幕府側に察知されて鎮圧される恐れがあるので、ある程度離れたところで挙兵して幕府の兵力を分散させつつ、江戸への道を塞いで援兵の到着を阻《はば》むといった公算であったといわれている。

具体的には、『維新史の再発掘』（高木俊輔）によれば、次の三地点での挙兵であった。

野州出流山《いずるさん》挙兵組　隊長　竹内　啓《ひらく》　東北地方から江戸に出る道を分断する。

甲府城攻略組　隊長　上田修理　中部地方特に甲州街道から江戸への道を押《おさ》える。

相州荻野山中陣屋襲撃組　隊長　鯉淵四郎　東海道筋に圧力を加える。

甲府城奪取を目指す甲州組はともかく、野州組と相州組は目標設定にいささか疑問が残る。なぜなら、野州組は具体的な攻撃目標がなく、相州組は荻野山中陣屋を襲撃したくらいでは、東海道に圧力を加えるまでには至らないのではないかと思われるからである。

荻野山中陣屋とは、小田原大久保家十万石の分家である、荻野山中大久保家一万三千石の政庁である。当時の荻野山中大久保家の当主は、第七代大久保教義であった。

荻野山中大久保家は、初代大久保教寛が小田原大久保家当主の兄より、元禄十一（一六九八）年に相模・駿河国内に六千石を与えられ、さらに宝永三（一七〇六）年に五千石を加増されて大名となったことを始まりとする。当初、陣屋は駿河国松長（現沼津市松長）にあったが、第五代大久保教翅《のりのぶ》が天明四（一七八四）年、荻野山中に陣屋を移した。

相州荻野新宿、佐吉宅。三田の薩摩屋敷から戻った佐吉は、早速同志たちに今回の計画を説明した。佐吉は声を潜《ひそ》めて話し始めた。

「野州組と甲州組、相州組に隊を分け、それぞれの目標を目指して薩摩屋敷を出立する。もちろん相楽総裁以下、幹部連中は三田の薩摩屋敷に残るがな。先発は野州組だ。奴《やっこ》さんたち、もうそろそろ薩邸を出る頃だ。奴らは野州の出流山で挙兵する。あわよくば、宇都宮城でも落とすつもりだ。だが当面の目標は街道を分断し、東北の佐幕勢力が江戸に来れねえようにする。そうして江戸の注目を野州に向けさせる」

佐吉が一息つき、皆を見回した。佐吉の弟の孫太郎、徳太郎、存嶺、市郎、道三とも、皆真剣な眼差《まなざ》しで聞いていた。佐吉が続けた。

「それから、いよいよ我々の出番だ。世間の耳目が野州に集まった頃を見計らい、甲州組と相州組が薩摩屋敷を発《た》つ。甲州組は甲府城を落として甲州街道を押える。相州組は」

皆固唾《かたず》をのんで、佐吉の次の言葉を待った。

「厚木の烏山《からすやま》陣屋と、荻野の山中陣屋を襲撃する。そうして我らは東海道に圧力をかけたいのだが、この程度の出城を幾ら落としたところで、大《たい》した効果はないだろう。そこで」

皆の緊張が一気に最高潮に達した。

「小田原だ。我々は小田原城を襲撃する」

皆、目を大きく見開いた。小田原城は、分家の荻野山中大久保家からみれば本家の居城であり、これを襲うなんて荒唐無稽《こうとうむけい》に思われた。堪《たま》らず市郎が言った。

「佐吉つぁん、ちょっと待ってくれ。かつて太閤秀吉は、二十万の大軍で小田原城を攻めたんだぞ。それを俺たち数人でやるってのか。とても正気の沙汰とは思えねえ」

「ああ、そうだ。だから烏山と荻野の両陣屋をまず襲うのよ。こいつらは小田原を落とすための助走に過ぎん。両陣屋を襲って勢いを付け、周辺の百姓衆を糾合《きゅうごう》し、大軍に育てるのよ。竜巻が、進むにつれてどんどん勢力を増していくようにな」

一同は押し黙っていた。皆、たった今佐吉が言った言葉を、自分の頭の中で整理していた。皆が理解したところで、佐吉が続けた。

「徳さん、例のお札《ふだ》はどうなってる？」

「西からやって来た『お札降り《ふだふ》』は、箱根を越えて東海道筋を小田原、平塚、茅ヶ崎、藤沢と進み、すでに横浜にも降ったそうじゃ。もうじき江戸にも達するじゃろう」

「人々の様子は？」

「お札が降った家では有難がってお札を祭り、その家に人々が参詣《さんけい》し、その家では酒や餅を参詣者や往来の人々に振る舞ってるそうじゃ。まあ、ちょうど祭りのような気持ちの高ぶりなんじゃろう。何でも、横浜や藤沢辺りじゃ、夷人に石まで投げつけとるらしい」

「ほう、そうかい。そいつは好都合だな」

「どうして？」

市郎が訊いた。

「混乱に乗じて、我々の活動がしやすくなるからよ」

「佐吉さん、横浜はどうするんじゃ。あそこの夷人と奸商どもを斬らんと、我々の暮らしは良くならんぞ」

徳太郎が訊いた。尊皇攘夷に燃える道三も大きく頷いた。

「もし首尾よく小田原が落ちたら、我らは江戸に向かって東海道を進軍することになろう。横浜はその途中だ。奴らはついでに屠《ほふ》ればいい」

「え、江戸？　それでは」

道三が訊き返した。

「そうだ。我々の最終目標は、江戸城だ」

一同は静まり返った。

「江戸城とは。何とも、恐れ入ったわい」

存嶺が呟《つぶや》いた。それを聞いた佐吉が言った。

「和尚、このところ山中陣屋に変わりはないか」

「ああ。いつも通り、静かなもんじゃ」

(陣屋にゃ、気づかれちゃいねえようだな)

「和尚、これからも陣屋の監視を頼む」

「あい分かった」

一同を見回して佐吉が言った。

「とにかく、この計画はいかに百姓衆を味方に引き入れ、我らが大軍になれるか否《いな》かにかかっている。それには施米や施金が必要だから、そのための軍資金が要《い》る。よって我々は早急に、この界隈《かいわい》の豪商や豪農の名簿を作り、軍資金集めの目星をつけようと思う」

佐吉の言葉に、皆無言で頷いた。

烏山陣屋とは、下野国那須郡烏山領の領主である烏山大久保家が、相模国内の領地（鎌倉郡・高座郡・大住郡・愛甲郡のそれぞれの一部）を治めるためにおいた陣屋である。烏山大久保家も小田原大久保家の分家であり、相模国内四郡の領地のうち、愛甲郡内の領地の石高が最も大きかったため、愛甲郡厚木村に陣屋が置かれたのであろう。

この烏山領は苛政《かせい》で有名で、蛮社の獄で処罰された、三河田原藩の渡辺崋山が記した『游相日記』にも、「政事甚苛刻、人情皆怨怒ヲフクム」などと書かれている。さらに駿河屋彦八という厚木の侠客は、「今ノ殿様ニテハ、慈仁ノ心、毫分モ無之、隙ヲ窺、収斂ヲ行フ。殿様ヲ取カヘタランコソヨカルベシト思フ也」と言ったと記されており、その苛政の激しさが窺える。この辺りにも、薩邸浪士たちが厚木を襲撃目標に選んだ理由があるのかもしれない。苛政のため、より多くの民衆が自分たちに味方してくれるのではないかと、浪士たちは考えたと思うからである。

4

十一月二十四、二十五日頃、野州組が三田の薩摩屋敷を出立した。出立時は三、四十人だったといわれている。

同じ頃、下荻野、荻野川の岸辺。いつものように市郎は、佐吉の家から飯山村の自宅へ帰る途中、釜屋のえんと会い、二人で荻野川の岸辺を歩いていた。十一月下旬ともなれば外は寒いが、この日の市郎にはえんに伝える大事な話があった。しかし、どう話を切り出したらいいのか市郎には分からず、二人は当てもなく無言で歩いていた。

いつもと違う市郎の様子に気付いたえんは、助け船を出した。

「市郎さん、この辺りに座りましょう」

「ああ」

それからも、しばらく二人は無言で水のせせらぎを聞いていた。市郎はまだ迷っていた。えんとの将来をどうするのか。

「何、話って？」

「うん」

市郎は苦悩に満ちた表情を浮かべ、話し始めた。

「詳しいことは話せんが、これから大仕事をせにゃならん」

「佐吉さんたちと一緒に？」

「そうだ」

えんは黙って頷いた。詳しいことは知らないが、市郎たちが何をしようとしているのか、おおよその察しはついた。

「今度の仕事は長く時間が掛かるかもしれねえ。どこかで俺がくたばっちまうかもしれねえし、お縄を頂戴して牢屋にぶち込まれるかもしれねえ。大怪我をして、半身不随になっちまうかもしれねえ」

「止《や》めることはできないの？」

「できん」

「なぜ？」

「苦しむ民を救うための世直しだ。止められる訳ないだろう」

「……」

えんは頷《うなず》いてから俯《うつむ》いた。我ながらつまらないことを訊いてしまったと、えんは心の中で後悔した。市郎がそう答えることは、訊く前から分かっていた。また、しばらく無言の時間が続いた。

（待っててくれなんて、言えねえよ）

市郎は覚悟を決めた。

「えん」

「はい」

「誰かいい男を見つけて、釜屋を継いで女将になれ」

「えっ」

えんは我が耳を疑った。

「どういうこと？」

「俺のことなんて、待ってなくていい」

「――」

「さっきも言った通り、俺はこの先どうなるか分からん。だから、もし俺が御尋ね者にでもなったら、お前にも危害が及ぶかもしれん」

「いや」

えんは独り言のように呟《つぶや》いた。

「何？」

「いやです」

「俺の言うことが分からんのか」

「分かりません。市郎さんが待つなとおっしゃるなら、私も市郎さんと一緒に行きます」

「えん、そんなことをしたら、危害はお前の家族にも及ぶぞ」

「大丈夫です。その前に、家族とは縁を切りますから」

「お前……」

市郎は溜息をついた。

「お願いします。一緒に連れていって下さい。私も、苦しむ人たちのために働きたいんです。決して、足手まといにはなりませんから」

必死の表情のえんを見て、市郎の気持ちは揺《ゆ》れた。確かにえんの言葉は嬉しかった。

(生涯の伴侶は、この女しかいない)

改めて市郎はそう思ったが、ここは心を鬼にした。

「その聞き分けの無いところが、すでに足手まといなんだよ。とにかく、お前とは終わりだ。もう顔を見ることもないだろう。あばよ、達者でな」

市郎はその場を走り去った。

走り去る市郎の後ろ姿を見て、えんはその場に泣き崩れた。

5

当時も厚木は、相模川水運における物産の集積地として、また矢倉沢《やぐらさわ》往還(概《おおむ》ね現在の国道246号線に相当）と平塚・八王子道が交わる交通の要衝、宿場町として繁栄していた。
慶応三年十一月二十九日夜。その厚木で大火があり、翌三十日の未明まで燃え続け、町の四分の三が灰燼《かいじん》に帰した。出火の原因は分かっていないが、この火災で烏山陣屋も被害を受けたという。

荻野新宿、佐吉宅。同志たちが最後の密議をしていた。

「明日、俺は薩摩屋敷に向けて家を出る。だが、明日俺は大山詣《もう》でに行くと、この家の者には言ってある。皆もそのように口裏《くちうら》を合わせておいてくれ」

「帰りはいつになるんじゃ」

徳太郎が訊いた。

「もう当日まで皆とは会えん。だが、俺の代わりに結城先生がこの家に来るから、後のことは先生の指示に従ってくれ」

皆無言で頷いた。

「この付近の豪農・豪商の名簿はできてるか？」

佐吉は弟の孫太郎に訊いた。

「はい」

「よし。そいつを、結城先生にも見せてやってくれ。あと、当日は道案内も頼むぜ」

孫太郎が頷いた。

「佐吉。このところ、どうも陣屋の様子が騒々しい。奴ら、何か掴《つか》んだのかもしれんぞ」

存嶺が言った。

「やっぱりか。この前の薩摩屋敷でも、嫌《いや》な目付きの奴らが何人かいやがった。俺は、もしかしたら奴らは、幕府の隠密《おんみつ》じゃねえかと思ってたんだ」

「本当か、それは」

市郎が心配そうに訊いた。

「ああ、本当だ。残念ながら、薩摩屋敷の同志一人一人の氏素性《うじすじょう》まで、細かく調べている暇はねえ。だから皆も、陣屋はすでに我々のことに気付いていると思った方がいい。用心するに越したことはねえからな」

頷く一同に、佐吉が告げた。

「あと、俺は今後、谷龍夫と名乗るから、そのつもりでいてくれ」

すると、道三が慌てて付け足した。

「私も築井満弥と名乗ります。どうぞ宜しく」

「何だか初対面みたいで、妙な気分だな」

「ははは」

この「築井」は、もちろん道三に縁がある津久井から取ったものであり、実際に「津久井」と表記している文献もある。また「満弥」も「満哉」「満也」「満矢」と表記している文献がある。ところで、この名の呼び方は「みちや」なのか「まんや」なのか。恐らく道三《みちぞう》から判断して「みちや」の可能性が高いとは思うが、以前筆者が道三の子孫の方々に伺ったところ、「まんや」という名にも聞き覚えがあるそうで、結局子孫の方々も、どちらが正しいかよく分からないとのことであった。

ただし混乱するので、本書の中では佐吉、道三で通すことにする。

十二月六日、佐吉は家族に大山詣でに行くと言って、下荻野の自宅を出た。

翌十二月七日、荻野山中陣屋は、村役人への差紙（呼出し状）をもって、佐吉の召還を命じた。村役人とは名主・組頭・百姓代の地方三役《じかたさんやく》のことである。佐吉はすでに家を出ていたので、村役人も佐吉の後を追ったが、結局佐吉は行方知れずとなった。

十二月十日の夕刻、結城四郎が荻野新宿の佐吉宅に来た。同志一同を前に結城は言った。

「決行は十五日の夜分とする」

一同は無言で頷いた。

「俺は十四日にまたここに来る。そして翌十五日、皆とともに厚木に向かう」

「はい」

「孫太郎と道三。他の我が門人たちにも、その旨《むね》伝えてくれ。あと、彼《か》の者らの集合時間と場所は追って伝えると」

「はっ」

「儂らはどうなるんじゃ？」

　徳太郎と存嶺が結城に訊いた。

「徳太郎さんは三田村《さんだ》の自宅にいて、必要に応じて薩摩屋敷との連絡や、この近辺の動向を探って下さい。あと和尚さんは今まで通り、山中陣屋の見張りをお願いします」

「せっかく先生に剣術を教わったんじゃや、儂も加勢したいのう」

「お気持ちだけで十分です。後はどうか、我々にお任せ下さい」

「そうか。残念じゃな」

　存嶺はしょ・・・んぼりした。普段は頑固な存嶺が落ち込んでいる姿は滑稽《こっけい》だった。

「いくら何でも、坊さんが討ち入りに参加しちゃあ、まずいだろ。目立つから足もつきやすくなるし。第一、和尚には俺たちが死んだ後の葬式を出してもらわねぇと」

「ははは」

　市郎の言葉に、皆が力なく笑った。冗談とも本気とも取れる市郎の言葉だった。

6

　十二月十三、十四日頃、相州組は三田の薩摩屋敷を出立した。相州組の構成員は『相楽総三とその同志』（長谷川伸）によれば、以下の通りである。

隊長　鯉淵四郎　（二十八歳・水戸・坂田三四郎）
谷龍夫　（三十三歳・鈴木佐吉）
長山真一郎　（二十七歳・上州新田郡綿打《わたうち》村）
岩屋鬼三郎　（秋田脱藩・古世蔵人）
結城四郎　（出羽最上・最上司）
川上司　（江戸の人）

鈴木佐吉は本名だが、他のカッコ内の名前は変名である。あと、この他に山田兼三郎が相州組に加わっていたことが判明している。（『相楽総三・赤報隊史料集』西澤朱実）ただし、結城四郎は先発して別行動をしており、この時に一行とともに薩邸を出立してはいない。また谷龍夫こと鈴木佐吉も、この時一行と行動をともにしていたのか定かではない。

一方、この相州組と相前後して、上田修理率いる甲州組十名も、甲府を目指して薩摩屋敷を出立した。

地元の厚木市や愛川町辺りに残る話では、相州組の隊員たちは赤穂浪士のような陣羽織を着て、後ろ鉢巻をしていたという。ちょうど十二月十四日で日付が重なったこともあり、薩邸浪士たちの心境は、さながら赤穂浪士の討入りといった感じであったろう。

十二月十四日の午後二時頃、結城四郎は再び荻野新宿の佐吉宅を訪れ、一泊している。

佐吉宅に保管していた武器、弾薬を運び出すための来訪だったと思われる。佐吉宅は、浪士隊の襲撃目標である荻野山中陣屋とは目と鼻の間の距離である。このような至近距離に武器、弾薬を隠し、そこから運び出すとは、何とも大胆な行動ではある。

また、そもそも目と鼻の間の距離であるから、運び出す必要もないと思われるのだが、それでは一体どこに運んだのか。はっきりしたことは分からないので、想像するしかないのだが、もしかしたら、佐吉の家よりは存嶺がいる法界寺の方がより山中陣屋に近いので、法界寺近辺に運んだのかもしれない。あるいは厚木村方面に運び、烏山陣屋や小田原城の攻撃に備えたのかもしれない。

ちょうど、その十四日の佐吉宅には、佐吉の妹であり、三田《さんだ》村の井上徳太郎の養女となっていたやまも来訪していたという。決して偶然来訪が重なった訳ではないだろう。わざわざ襲撃前夜に来るのである。よほど重要な用があったのだと、解するのが妥当であろう。

「結城様。打合せの通り相州組が薩摩屋敷より出立し、現在矢倉沢往還を厚木に向かっているとのこと、父に代わってお伝え申し上げます」

「やま殿、ご苦労。それで徳太郎殿は、今いずこに?」

「父は三田村の自宅におり、引き続き薩摩屋敷との連絡、及びこの近辺の幕府方の動きを探っております」

「かたじけない。お父上には宜《よろ》しゅうお伝えくだされ」

「はい」

恐らく佐吉宅では、このような遣《や》り取りがあったのではないか。

三田の薩摩屋敷を発った相州組一行は、渋谷から矢倉沢往還を西に向かい、三軒茶屋、溝口、荏田《えだ》、長津田、下鶴間へと進んだ。相州組一行は、十四日の夜は下鶴間に投宿し、ここで在地の浪士隊が合流し、一気に総勢三十人ほどに膨れ上がったという。薩摩屋敷を発った時は五、六人だったと思われるので、下鶴間では二十四、五人が合流した計算になる。恐らく、彼らは結城四郎の門人たちであろう。前掲の通り、この当時の結城の門人は三十三名（一名は翌慶応四年に入門のため、ここでは計上しない）であるが、ここから石井道三、鈴木佐吉、孫太郎、北条存嶺の四名を差し引くと、計二十九名である。このうちの二十四、五名が合流したと考えれば、かなり数字的には符合《ふごう》するのである。ただし前述の通り、師範である結城は相州組一行とは別行動をしており、この時は荻野新宿の佐吉宅にいたとされているので、下鶴間にはいなかったであろう。

7

十二月十五日の昼頃、相州組一行三十名は、厚木村対岸の相模川の川辺に着いた。『新編相模国風土記稿』によれば、「仲冬より明年暮春に至るの間は土橋を設く」とあるので、一行は船ではなく橋を渡って厚木村に入ったであろう。橋の長さは「長五六十間」とあるので、一間を一・八一八一メートルとすると、九〇メートルから一〇九メートルくらいであった。

一行が厚木村に入ると、去る十一月二十九日の大火で、壊滅的な被害を受けた厚木村の惨状が目に入ってきた。一行は、辛うじて焼け残っていた旅亭の熊沢屋に入って昼食を取りながら、今後の計画について小声で話し合った。

「この状況は酷《ひど》い。村人たちは、こんな仮小屋で年を越さねばならぬのか」

「年を越せるかどうかも分からん。この有り様では寒さや飢えで死ぬ者も少なくなかろう」

「鯉淵隊長は、今後どうなされる御積《つも》りか」

「計画通り、我々は烏山陣屋にも向かう。だが、この惨状では烏山には何の蓄えもないだろうから、襲っても収獲の期待はできぬ。よって我らの主力は、荻野山中陣屋に向かうことにする。いかがかな、御一同？」

「異論はござらぬ。この塗炭《とたん》に苦しむ民をこれ以上苦しめるのは、我らの本意ではない」

「問題は、小田原がどう動くかだ。我らが荻野に向かった後も、厚木には斥候《せっこう》（監視員）を残しておくから、何か奴らの動きを掴《つか》んだら、すぐ知らせて欲しい」

鯉淵が念を押した。

ちょうどそこへ、結城四郎、山川市郎、石井道三らが合流した。

「おお、結城さん。待っておったぞ」

「はっ」

「首尾はいかがかな？」

「武器、弾薬とも、準備は万端《ばんたん》です。あと、こちらが付近の豪農・豪商の名簿です。彼《か》の者らから軍資金を集めるため、隊長名義の書状を彼の者らに送り付けるのが宜《よろ》しいかと」

結城は、鯉淵に名簿を渡した。

「おお、そうであったな。ならば早速認《したた》めよう」

「あ、お待ち下され。隊長、書状の送付は陣屋を襲撃した後にすべきと心得ます」

「なぜじゃ？」

「襲撃前に送り付けると、陣屋に報告されて、陣屋に警戒されてしまいます」

「確かに。しかし襲撃後に送ったのでは、彼の者らが金を用意する間がないのではないか」

「おっしゃる通りですが、それでよいと心得ます。余計な間を与えぬ方が、彼の者らを急《せ》かせ、かえって資金の調達がはかどると思います」

結城に言われ、鯉淵は大きく頷いた。

第五章　陣屋襲撃

1

相州組一行は烏山陣屋襲撃組と斥候を残し、午後四時頃荻野へと向かった。あいにくの雨天であった。厚木村から荻野山中陣屋までは、北へおよそ二里（八キロメートル）である。一行は甲州道を妻田《つまだ》村、三田《さんだ》村へと進み、佐吉の家がある荻野新宿へと向かった。

甲州道を半ば進んだところで、結城が市郎と道三に言った。

「お前たち二人は、急ぎ俺の門人たちを連れて、一足先に荻野新宿に向かってくれ。そして新宿に着いたら二手に分かれ、お前たち二人は法界寺に行き、和尚に最近の陣屋の動向を聞いてくれ。残りの者たちは、武器、弾薬の隠し場所に直行させてくれ。いいな」

「はっ」

市郎と道三は結城の門人たちとともに甲州道を走りだした。

「いよいよだな、道三」

「はい」

法界寺に着くと、存嶺が二人を待ち構えていた。

「和尚。どうだ、陣屋の様子は」

「うむ。どうにも静かなもんじゃ。全く普段と変わらんわい」

「そうですか。かえって不気味ですね」

「てっきり陣屋は気付いているものと思っとったんじゃがのう」

腕組みをしながら存嶺が言った。

(もしや、陣屋は捨て石にされたのか)

三人は顔を見合わせた。

「まあいい。じゃあ和尚、行ってくるぜ」

「生還できたら、またお会いしましょう」

「よいか、命を粗末にするでないぞ」

「はい」

市郎と道三は同時に答えた。

法界寺を出て大山道に出ると、ちょうど通りの向かいの釜屋から笑い声が聞こえてきた。

その声を聞くや否《いな》や市郎は立ち止まり、声が聞こえてくる方を振り向いた。

「市郎さん」

道三は何か言い掛けたが、堪《こら》えた。

「分かってるよ、道三。今は感傷に浸《ひた》っている場合じゃねえよな」

「さ、急ぎましょう」

二人は集合場所へと急いだ。

2

相州組が荻野新宿に着いた。もう荻野山中陣屋はすぐである。すると、前方より陣屋の御用提灯を持った者が現れた。一行に緊張が走った。全員が鯉淵隊長の顔を見た。

（斬れ）

鯉淵が無言で頷いた。一行は覚悟を決めた。一行の一人が提灯に向かって走った。

「御免」

提灯を持った者は一刀の下に斬られ、地面に倒れた。

「結城先生、ついに賽《さい》は投げられましたな」

「親分さん、間に合いましたか」

親分とは、佐吉のことである。

「へい、先ほど合流しやした。陣屋襲撃後の道筋も万端《ばんたん》調《ととの》いやした」

「ご苦労様、と言いたいところだが、本番はこれからです」

「へい」

「もう、俺たちはお尋ね者だ」

「へへ。こちとら、お陰で腹が据《す》わってきましたぜ」

地元に伝わる話によれば、七沢村（現厚木市の西部）の石屋である前場小重郎という者が、荻野山中陣屋の御用提灯を持って荻野新宿を通ったので、一行は陣屋の手の者と思い、小重郎を斬殺したという。

一行は陣屋の表門《おもてもん》前に着いた。不気味なほど、陣屋は静まり返っていた。隊長の鯉淵が声を張り上げた。

「お頼み申す」

陣屋は無言だった。鯉淵は繰り返した。すると、門番の声がした。

「何用でござる」

「拙者は長州毛利家家臣、海野次郎と申す者にござる。陣屋代官の三浦殿はご在所か」

「はい」

「ならば、代官殿にお願いしたき議がござるゆえ、お取次ぎ下されたし」

「しばし、お待ちを」

海野次郎とは、鯉淵四郎の変名である。門番は怪しいと思いながらも、陣屋代官の三浦に取り次いだ。この時代、荻野山中大久保家からみれば、長州毛利家家臣はいわば「外国人」だったので、礼を失する訳にはいかなかった。現代と同様、外国人と揉《も》めれば、面倒な「国際問題」に発展する恐れがあったからである。

やがて陣屋代官の三浦正太郎が表門に出て来た。

「ご用の向きを伺いたい」

「ならば申し上げる。我らはこれより横浜に行って夷人《い》を斬り、攘夷を行う覚悟でござる。ついては、軍資金並びに武器、弾薬をお借りしたい」

「あいにく、当陣屋には今手持ちがござらぬ。また、現在我が主は江戸におりますゆえ、手前で勝手なことはできませぬ。本日はどうか、お引き取り下され」

言葉は丁寧だが、威圧的であった。

「畏《おそ》れながら、我らも攘夷のため決死の覚悟であり、他日を期す訳には参らぬ。是が非でも本日頂けるよう、お願い申す」

そう言って鯉淵は三浦の顔を凝視した。鯉淵の背後で、浪士たちが威嚇《いかく》の発砲を始めた。自分たちの要求を陣屋が断ることを、元より浪士たちは想定していた。

「できぬ。どうかお引き取りを」

「ならば、力ずくで頂くまで――」

一瞬、その場の空気が凍り付いた。一同、固唾《かたず》をのんだ。

次の瞬間、鯉淵の背後から浪士たちが一斉に、唸《うな》り声とともに陣屋内へなだれ込んだ。

「あっ」

驚く三浦の眼前で、侵入を制止しようとした中間《ちゅうげん》一人、足軽一人が浪士に斬られた。

侵入者たちは、所構わず火を放った。慌《あわ》てて三浦が背後に目をやると、すでに敷地内の数カ所で火の手があがっていた。近隣の百姓衆が加担していることは明らかだった。

「おのれ……」

態勢を立て直すべく、三浦は奥に退こうとした。

その瞬間、一人の浪士が三浦に斬りかかった。

血飛沫《ちしぶき》をあげて、三浦はその場に倒れ伏した。

3

事件当日の夜四つ（午後十時）頃、荻野山中藩の御殿医である天野俊長《しゅんちょう》の次男惣次郎は、荻野山中陣屋内の長屋の一室で、就寝するために神仏の灯明を消そうとしていた。まさにその時、表門の方から凄まじい発砲音が聞こえてきた。数雷が同時に落ちたかのような音であったという。

（何の音だ。もしや）

惣次郎は慌てて長屋を飛び出し、表門の方へ走りだした。すると、さらに砲声が連続して聞こえ、三カ所からあがる火煙が惣次郎の目に飛び込んできた。

（これは……焼討ちだ）

火煙を目前にし、惣次郎は少しの間茫然《ぼうぜん》としていたが、

(こんなところで死んだら犬死だ)

と思い、我にかえると、一目散に長屋に戻った。

「起きろ、快三《かいぞう》」

惣次郎は寝ていた弟の快三を叩き起こした。当時惣次郎は十四歳、快三は十二歳だった。

「兄上？」

「詳しい説明は後だ。早く裏門から逃げろ」

「は、はい」

まだ寝ぼけている弟を逃がし、惣次郎は袴《はかま》を着て普段差しの大小二刀を帯び、先ほど弟の快三を逃がした裏門から陣屋外に出て、落ち着き払って表門に向かった。

そこへ、陣屋から物品を奪って逃げようとする浪士たちがやって来た。

(来たか)

惣次郎は斬り合いを覚悟した。ところが、浪士たちは惣次郎を仲間と思ったのか、惣次郎の前を気にも留めないで行き過ぎた。

「おい、待て」

と言おうとしたところを、誰かが後ろから惣次郎の手を掴《つか》んだ。

「止《や》めとけ」

山川市郎だった。

「何を」

惣次郎は市郎の手を振り解《ほど》こうとしたが、市郎の強烈な腕力になす術がなかった。

「ははは。小僧、命を粗末にするな。もう侍の世の中は終わりだ。ほれ、こうされちゃ、百姓の俺にもかなうまい」

「盗人《ぬすっと》の戯言《たわごと》など聞かぬ」

「威勢のいい小僧だ。縁があったら、また会おうや」

市郎は走り去った。走りながら市郎は思った。

（しかし、あの小僧、いい目をしていやがった）

後年、ともに自由党に入党し、自由民権運動に活躍するも、大阪事件でともに獄に繋《つな》がれることになる、市郎と惣次郎（天野政立）との運命的な出会いであった。

惣次郎は浪士たちを追いかけようと思ったが、諦《あきら》めた。

（悔しいが、今の俺では奴らにはかなわぬ。それよりも今は、至急この事件を在府中の殿にご報告せねばならぬ）

この時、荻野山中大久保家当主の教義は中務少輔出雲守を称する菊間詰の大名であり、一橋御門警護を拝命し、当主をはじめ家臣の大半が在府していた。荻野山中大久保家は長らく上屋敷が小日向新坂《こひなたしんざか》、下屋敷が牛込御細工町《おさいくまち》にあったが、慶応年間には上屋敷が上麻布市兵衛町、下屋敷が小日向新坂にあった。

（ならば、今荻野におられる御家中のうち、どなたにお知らせするべきか）

思案した後、意を決した惣次郎は、御目付役御供頭五十石取の渡辺轍《てつ》宅に向かった。

惣次郎が渡辺家に着くと、すでに渡辺家の人たちは陣屋が襲撃されたことを知っているらしく、上へ下への大騒ぎであった。

「渡辺様、我らの陣屋が、不逞《ふてい》の浪士どもに襲われましてございます」

「うむ。儂《わし》も先ほど知って、驚いておったところじゃ」

「もう在府中の殿へは、ご報告なされましたでしょうか？」

「まだじゃ」

「ならば、一刻も早くなされるべきかと」

「うむ。あい分かった」

しかし、渡辺は手が震《ふる》えて書けなかったので、惣次郎が代筆した。書きながら内心、惣次郎は思った。

（これが、普段は威厳に満ちた御重役の真の姿か）

惣次郎の後の回顧（『所世録』）によれば、その時に認《したた》めた文章は左記の通りである。

今晩四ツ時、何者カ知ラレザレドモ俄然砲発乱入御長家ハ荒ラマシ焼キ払ヒ、死傷有之依テ仕立急飛脚ヲ以テ御注進申上候条、直様御援兵奉願上候以上

十二月十五日七ツ時認ム　　目付役　渡辺轍
御家老　井戸平格殿

引用文の通り、江戸への急報を書き上げたのは暁七つ（午前四時）だった。現代風に書けば十五日ではなく十六日である。惣次郎は江戸への使いとして領民二人を選び、浪士たちとの遭遇を避けるため矢倉沢往還は使わず、三田村から関口村を経て、磯部村の渡船場より原町田（現町田市）に向かい、江戸に行く道を採用した。突然の大役に緊張する二人に、江戸の上屋敷での口上《こうじょう》を教えようと、磯部村の渡しまで惣次郎は二人に同行した。

二人を見送り、惣次郎が長屋に帰るともう夜が明けていた。浪士たちはすでに立ち去っていた。浪士たちは、動員した百姓たちを使って陣屋内の全家屋を物色し、金銭はもちろん米穀類や衣類など、有用な物は悉《ことごと》く持ち去っていた。惣次郎が長屋の自室に戻ると、部屋の箪笥《たんす》の引き出しや長持の蓋が全て開けられており、「余ガ家ノ武器ハ勿論衣服等一切ノ物品一物モナク」（『所世録』天野政立）という有様であったという。

その後惣次郎は、御殿医である父の俊長に従い、浪士に斬られた陣屋代官の三浦正太郎の手当てに向かった。三浦は、召し使っていた下女の実家である伊豆屋に担《かつ》ぎ込まれていた。俊長と惣次郎が伊豆屋に入ると、二階から鮮血が滴《したた》ってきた。

（これでは、もう三浦様は……）

惣次郎は固唾をのんだ。

三浦の傷は、面部の右眼下から耳の上にかけて七、八寸（一寸は約三センチメートル）に及び、深さは骨膜にまで達するものだったという。その他にも、手の甲に二寸、胴体に二、三寸の、計三カ所に傷があった。傷を冷水で洗い、針で十針余り縫合《ほうごう》したが、その甲斐も無く三浦は三日後に死亡した。

4

このように荻野山中陣屋はさしたる抵抗もなく、呆気《あっけ》なく浪士たちに焼討ちされた。しかし荻野山中大久保家中は、薩邸浪士の陣屋襲撃を事前に知っていたと筆者は考えている。では事前に知っていたのであれば、なぜ陣屋側はほとんど抵抗をしなかったのか。

この謎を解く鍵として、筆者は一人の人物を挙げたいと思う。その人物とは、荻野山中大久保家家臣の松下祐信《すけのぶ》である。この松下が後に記した自伝（草稿）によれば、彼は荻野山中大久保家に、薩邸浪士が陣屋を襲撃することを知らせているのである。この辺りの経緯を彼の自伝より、少し説明しようと思う。

松下祐信は天保十四（一八四三）年、江戸牛込御細工町の荻野山中大久保家の下屋敷で生まれた。安政四年、十五歳の祐信は仲小姓として主君の大久保教義に仕えることになった。文久元年に祐信は、主君教義が大番頭就任のために二条城へ赴任するのに伴って京都に上り、そのまま京都に滞在している。この京都滞在中に、恐らく祐信は尊皇攘夷思想に感化されたのであろう。

元治元年に水戸の天狗党による筑波山挙兵や、長州の尊皇攘夷激派による禁門の変が起こるに至り、世情は騒然となっていった。藩を脱藩して浪士となり、尊攘活動に身を投じる者が増えていく中で、すでに京都より帰藩していた祐信も脱藩して再び上京し、浪士の群れに加わることを目論《もくろ》んだ。しかし計画が事前に荻野山中の藩庁側に露見し、この元治元年頃に祐信は捕えられ、百余日の監禁処分になってしまった。

慶応三年になって、いよいよ幕府の屋台骨が揺らいでくると、ついに祐信は江戸の藩邸を飛び出して脱藩し、倒幕運動に身を投じていった。祐信はまず相模の荻野山中陣屋を訪れて家中の者と語らい、次に甲斐に向かって上黒駒村の尊攘派兼武神主である武藤藤太の屋敷に滞在し、藤太と語らった。前述したように、元治元年の黒駒勝蔵によるものと、慶応三年の薩邸浪士によるものとの、計二回の甲府城奪取計画の黒幕ともいわれる武藤藤太との対話であるから、恐らく尊皇攘夷の思想と、それを奉じての倒幕計画について、何らかの会話があったであろう。

その後祐信は江戸に戻り、上《かみ》の山《やま》松平家の屋敷に滞在したり、北辰一刀流の千葉貞吉の長男重太郎が住む桶町の邸宅に滞在したりしたという。上の山の屋敷は、祐信が上の山松平家の老臣金子六左衛門（清邦）に師事していた縁故であろう。また千葉重太郎の邸宅は、重太郎と親しかったという武藤外記、藤太親子からの紹介だったのかもしれない。

だが、次第に幕府による尊攘派浪士の探索が厳しくなっていき、探索から逃れようと、祐信も水戸の浪士や薩摩屋敷の浪士と交わり始めた。そうして、薩邸浪士である村上四郎（相楽総三）や落合源一郎（直亮）、結城四郎、岩屋鬼三郎らと交わりを持ったという。奇《く》しくも、結城と岩屋は後の荻野山中陣屋の襲撃犯である。その交わりにより、祐信は薩邸浪士による各地での決起を事前に知り、自分と同じく荻野山中藩を脱藩した落合某を通じて、荻野山中の藩庁に警告したと、自伝草稿には書かれているのである。

ここで問題となるのは、祐信がどう警告したかである。その詳細な内容までは自伝草稿には書かれていないが、尊皇攘夷思想に篤《あつ》い倒幕論者の祐信であるから、恐らく陣屋側は恭順し、無用な抵抗をしてはならない、すでに幕府の命運は尽きているから、幕府とは距離を置いた方がいい、といったような警告をしたのではないだろうか。呆気ない陣屋壊滅の裏には、この松下祐信による警告の影響があったのではないかと筆者は思うのである。

5

陣屋襲撃後、隊長の鯉淵四郎はかねてからの計画通り、近隣の豪農商たちに宛てて軍資金の借用と人馬、弁当の供給を要請する書状を書き、午前二時頃から送り始めた。

左記は、隊長の鯉淵が長州毛利家の家臣に扮《ふん》して認《したた》めた書状である。厚木から荻野山中陣屋に向かう途中にある、妻田村の豪農の永野杢左衛門《もくざえもん》に宛てたものである。

此度奉蒙、仁和寺王之命ヲ、外者夷狄ヲ攘ひ内万民ヲ養ハんため、多人数差操り候間、其許儀蔵金之内軍用金之ため五百両、今七ツ時（午前四時）迄ニ早々持参致し候様、若万一片時遅刻及候ハヽ、軍勢差送り厳伐可被致もの也、

十二月十五日　　海野次郎

長州萩藩

杢左衛門殿

（『神奈川県史』資料編5近世(2)）（カッコ内筆者）

永野家には、右の書状が午前三時に届いたというから、さぞ大変だったであろう。

薩邸浪士である彼らが、薩摩島津家の家臣を名乗るのならともかく、なぜ長州毛利家の家臣に扮したのか理由は定かでない。恐らく、攘夷の急先鋒である長州のいいイメージと、現厚木市の南毛利《なんもうり》地区は毛利家発祥の地なので、地元の理解を得易《えやす》いという二つの利点から、少しでも多くの軍資金が集まるようにと、敢えて長州を名乗ったのではないか。

結局、永野杢左衛門は四五〇両を浪士一行に支払っている。地元の伝承によれば、永野家は当初、小判で四五〇両と天保銭（天保通宝）で五〇両の計五〇〇両を支払おうとしたが、浪士たちの方から、天保銭は重いからと言って返してきたという。天保銭一つで百文なので、一両が四、〇〇〇文とすれば、天保銭四〇個で一両である。すると、五〇両では天保銭が二、〇〇〇個になり、天保銭一つの重量は約二〇グラムなので、二、〇〇〇個だ

と四〇キロとなる。確かにかなりの重量である。
この妻田村の永野家と同様に、浪士一行は近隣の豪農商に対して軍資金の供出を促《うなが》す書状を送り付けた。豪農商の顔ぶれと供出した金額は、左記の通りである。

妻田村　永野杢左衛門　四五〇両
下川入村　佐野市右衛門　七〇〇両
山際村　林弥右衛門　七〇〇両
山際村　中丸重郎兵衛　四五〇両
中津村　熊坂半兵衛　三〇〇両
中津村　梅沢董一　三〇〇両
座間村　大矢弥一　五〇〇両
成瀬村　能条五郎平　未遂

（『相州自由民権運動の展開』大畑哲　有隣堂）

合計で三、四〇〇両だが、これらの金額は伝承部分も含むため、あくまで目安として頂きたい。実際、正確な被害の詳細は分かっていないという。また、浪士たちはこの他に人足、馬、弁当も、「人足三〇〇人、馬一〇〇疋《ぴき》、弁当五〇〇人分」などと要求している。
浪士たちの軍資金要求は、時には強硬であった。例えば下川入村の佐野市右衛門家では、浪士たちは奥座敷に上がって畳に刀を突き刺し、「軍資金を貸して欲しい。貸してもらえなければ、家族皆殺しにして屋敷に火をつける」と言って脅《おど》したという。また浪士たちが要求した金額が調《ととの》わなかったので、浪士たちは土蔵を破って米や衣類を奪い、その上市右衛門の倅《せがれ》の助太郎を人質として連行することを要求し、代わりに助太郎の親類の伊之助を津久井の宿泊地まで連行したという。しかしその一方で、浪士たちは佐野家に対し、左記のような受領した軍資金の借用書を渡している。

覚

金九拾三両弐歩也

一右者攘夷之儀ニ付借用申処実正也、返済之儀当月限り急度返納可申事

海野次郎㊞

丁卯（慶応三年）十二月十六日　鶴屋市右衛門殿

（『厚木市史　近世資料編（五）』）

鶴《つる》屋とは佐野家の屋号であり、書状には攘夷のための借用だと書かれている。しかし実際の受領金額とされる七〇〇両と、書状の九三両二分とではかなり差がある。また、どこまで本気で返済するつもりだったのか定かでないが、それでも借用書を発行していることは注目に値する。

浪士たちは、このようにして集めた軍資金の一部を、動員した人夫たちの賃金にあてている。前掲の『相州自由民権運動の展開』によれば、浪士たちが動員した人馬の延べ数は、人夫が三三四人、馬が二四頭であり、それらに対する賃金は総額一二一両三分余りになったという。

さらに、浪士たちは近隣の村々の名主を呼び出し、各村の困窮人や貧民の名簿を提出さ

せ、その数に応じて村ごとに施米や施金、衣類の施与を行っている。その内訳は、六カ村の困窮人一七七名に、七三両一分余りの金と三三俵半の米、四一品の衣類となっている。これらの人夫の賃金や金、米、衣類の施与は、陣屋の焼討ち事件後に届け出のあったものに限られるので、実際にはもっと多かった可能性がある。

このような浪士たちの行動からは、尊皇攘夷のためだけではなく、苦しむ民衆を救うため、世直しのために幕府を倒すのだという、彼らの姿勢が窺えるのである。

6

軍資金や人馬、弁当を要求する差紙を書き終えた鯉淵は結城四郎に訊いた。

「結城さん、厚木村の烏山陣屋の方はどうなりましたか？」

「あそこは火事のせいで廃墟も同然です。難なく我らの手に堕《お》ちました。ただ、やはり金も物資も、ほとんど無かったそうです」

「うむ。それで、小田原の気配は？」

「今、我が門人たちを使って探っておりますが、まだ何の動きも見せていないようです」

「そうか。さて、いかがしたものか」

鯉淵は小田原と一戦交《まじ》えるか否かを思案していた。一同が鯉淵の次の言葉を待った。その時、一人の大男が意見した。

「決まっております。小田原を叩《たた》くにしろ、横浜の夷人を斬るにしろ、とにかく我々は相模川沿いに南下すべきです」

石井道三であった。普段物静かな道三にしては珍しかった。

（やべえな。道三の奴、尊皇攘夷のことになると我を忘れちまう）

そう思った山川市郎は、隣にいた鈴木佐吉の腕を肘で突《つつ》いた。

「佐吉つぁん」

「おう。……道三、今の俺たちの数を見てみろ。百姓たち人足を足しても僅か数百人だ。武州のぶちこわしみてえに数万、十数万と集まりゃ別だが、こんな少人数で小田原や横浜を襲える訳ねえだろう」

「いや、たとえ小田原は無理でも、横浜は襲えるんじゃないですか。夷人どもは、まだ我らの行動をよく把握してはいないでしょう。そこを急襲して、すぐに退《ひ》けばいいんです」

佐吉の言葉に、道三が反論した。

「道三、夷人をなめちゃいけねえ。今横浜にゃ、黒船が何隻も泊まっているんだ。それに俺たちが横浜を襲っている間に、江戸や小田原から幕府方の軍勢が攻めてきたら、一体どうするんだ。それこそ俺たちは袋の鼠のように、逃げ場を失って全滅だぞ」

市郎が反対した。

「しかし、我々は攘夷のために村々から軍資金を借りるんですぞ。それが夷人に一太刀も浴びせずに退散したとあっては、金を工面してくれる百姓衆に対して申し訳が立ちません」

道三が食って掛かった。確かに道三の言うことにも一理あった。

(ものすげえ剣幕だ。こんな道三を見るのは初めてかもしれねえ)

市郎同様、佐吉も舌を巻いた。

少しの沈黙の後、一同は隊長の鯉淵を見た。

「道三君には済まぬが、攘夷は他日を期そう。なあに、まだ機会は幾らでもある。それに、小田原や横浜が無理でも、まだ我らには甲州がある。かくなる上は、我らは一路北上し、甲州組と合流して甲府城を攻めようぞ」

鯉淵の言葉に頷《うなず》き、一行は出発しようとした。その時、道三が叫んだ。

「御免」

そう言うや否や、道三は傍《かたわ》らの馬に飛び乗り、南に向かって走り出した。

「あっ」

「おい、こら。待て、道三」

市郎と佐吉が慌てて道三を止めようとしたが、遅かった。道三が乗った馬は、砂煙を上げて見る見るうちに遠ざかっていった。

(あの馬鹿。隊長の命令に背くとどうなるか、知らねえのか)

「佐吉つぁん、あとは頼んだぜ」

市郎も馬に乗り、道三を追いかけた。

「市郎、お前まで」

茫然《ぼうぜん》となった佐吉が言った。すると結城が続いた。

「親分さん、俺たちも行こう。あの様子だと、市郎一人では道三を説得できそうにない。もし、ここで道三が暴走したら、我々の計画全体に支障をきたしかねん」

「承知しやした。孫太郎、このあとの隊の道案内を頼むぜ」

佐吉の弟の孫太郎は頷いた。

「隊長、奴は何とか連れ戻しますので、どうかここは穏便に」

結城が鯉淵に頼むと、鯉淵が了承した。

鯉淵は隊を二つに分け、一隊は厚木村から山中陣屋に来る時に通った甲州道を戻って妻田村の永野家に行き、軍資金を借用してくるよう命じた。もう一隊は、越路峰（恋路峰）を登って棚沢村を通り、才戸の渡しで中津川を渡り、下川入村の佐野市右衛門家に向かって進んだ。

その一方、鯉淵は三田の薩摩屋敷をともに出立した薩邸浪士である長山真一郎を呼んだ。

「長山さん。あなたは一足先に八王子に向かい、甲州組の隊長である上田さんに伝えて下さい。我ら相州組は荻野山中陣屋の襲撃に成功し、これから甲州組に合流すべく北上しますと」

「はっ」

この時、長山は同じく薩邸以来の同志であり、荻野の陣屋襲撃の際に負傷した川上司に肩を貸していた。この役を傍《かたわ》らの者に代わってもらい、長山は馬を駆《か》って一路北上した。

7

相模川沿いに南下した石井道三は東海道に着いた。まだ夜明け前なので薄暗くて見えなかったが、目の前には相模湾が広がっていた。厚木方面から見て、右に行けば小田原、左に行けば横浜である。カッとなり、我を忘れて飛び出てきたものの、行き先を決めていなかった道三は、小田原か横浜かで考え込んでしまった。

そこへ、ようやく市郎がやって来た。

「相変わらず速いな、お前は」

「市郎さんこそ。私についてこれる人なんて、なかなかいませんよ」

「言うな、こいつ」

「ははは」

市郎は、道三が普段の表情に戻っていたので、内心ほっとした。

「帰るぞ、道三」

「いやです」

「聞き分けのないことを言うな。お前は隊長の命令に違反しているんだぞ」

「分かってます。何なら私は隊員を辞めてもいい。どうしても私は信念を貫きたいのです」

「お前なあ」

市郎が溜息をついた瞬間、小田原方面からの早馬が二人の目に映った。二人は目を凝らして、何者か注視した。早馬が近づくにつれて、提灯の家紋が二人の目に入ってきた。

「上り藤の定紋か。小田原の使者だ」

そう言うや否や、道三は刀に手を掛けた。

「何をする、道三」

「知れたこと。斬り捨てます」

「待て。何度言ったら分かるんだ。今小田原と戦っても勝ち目はねえ」

「勝ち負けの問題ではありません。我らの大義を貫くまで」

(駄目だこりゃ。こうなったら、あれしかねえ)

市郎は思い切って、後ろから道三に飛び掛かり、道三の両腕を押えた。

「何をなさる」

「こい、道三」

「あっ」

道三が力任せに振り解《ほど》こうとした瞬間、二人は体勢を崩し、道脇の草叢《むら》に倒れ込んだ。

早馬に乗っていた侍は慌てる二人を一瞥《べつ》し、何事もなかったかのように走り去った。

「畜生」

道三は悔しがった。

早馬は東海道から外れ、つい先刻二人が来た、厚木へと繋《つな》がる道に曲がった。

（奴《やっこ》さん、荻野へ向かう気だ）

倒れ込んだ衝撃で意識が朦朧《もうろう》とする中、市郎は思った。

道三と市郎を追いかけてきた鈴木佐吉と結城四郎は、前方から来る早馬に出会った。

「どけどけ。小田原家中の者だ」

「ほう、小田原の者か」

佐吉と四郎は馬を降りた。

「親分さん、普段の剣術の稽古《けいこ》はこういう時に役立てるんだ。さあ、今その成果を見せてもらいましょうか」

「えっ。先生、相手は小田原家中の侍ですぜ。初陣《ういじん》のあっしには荷が重過ぎます」

そうこうしているうちに、早馬はみるみる近づいてきた。

もう一刻の猶予もないと思った四郎は、覚悟を決めた。

「ならば、そこで見ていて下さい。人を斬る時はこうやるんです」

そう言うと四郎は、間近に迫った早馬を大声で止めた。

「待て」

早馬は急停止した。

「何者だ、貴様。俺は小田原家中の者だ。聞こえなかっ――」

侍が言い終わらないうちに、侍の目の前に飛び込んだ四郎は、侍の肩から胴体にかけて一気に袈裟《けさ》斬りにした。飛び散った鮮血の上に、侍は倒れ込んだ。

(すげえ)

佐吉は息を呑んだ。

以上の場面は、渡辺欽城の『三多摩政戦史料』によれば、「石井山川の両名は一人の博徒を使嗾《しそう》し花水橋に於て喧嘩を売り其の機会を利用して(小田原からの＝筆者注)使者を斬殺した」とされている。「使嗾」とは、そそのかしたり、けしかけたりすることである。この「博徒」が、鈴木佐吉を指したものかどうかは分からない。一方、地元荻野に伝わる話では、小田原からの使者を斬ったのは結城四郎だとされている。

また結城四郎は剣術の技量もさることながら、跳躍力がずば抜けていたという話も地元に伝わっている。ある時「天狗飛切りの術」を見せてやると言って、大人の背丈ほどもある衝立《ついたて》を庭に出し、その上を飛び越えたという。さらに衝立を二つ並べて、両手をひろげた位の幅があるものを、飛び越えたとも伝えられている。それらの高さや幅は、実際に何センチメートルだったのか定かではないが、垂直飛びや横飛びにおける結城の能力は非常に高かったことが窺える。

二人は死体を道脇にどけて、道三と市郎の後を追った。

8

鯉淵四郎率いる一行は下川入村に着くと、目的地である佐野家に押し寄せた。そこで、一行は医者を呼び、負傷した川上司の治療をさせた。『赤報記』によれば川上は「相州ニテ砲疵受」とあり、銃創《じゅうそう》を負っていたことが分かる。

前述の通り、佐野家では当主の市右衛門が不在だった為、一行は軍資金の借り入れに手間取った。そこで一行は佐野家に滞在している間に、さらに別働隊を下川入村の東隣、山際村の林弥右衛門家に派遣した。別働隊は林家から軍資金七〇〇両を借り受けると、同じ山際村の中丸重郎兵衛家から四五〇両、相模川の対岸、座間栗原村の大矢弥一家から五〇〇両を次々と借り受けた。

この大矢弥一家は、地元では「栗原大尽《だいじん》」と呼ばれた有名な富豪で、渡辺崋山の『游相日記』にも「凡《およそ》十八万両ノ富ト云」と記されている。

東海道、平塚付近。鈴木佐吉と結城四郎が市郎と道三に追い着いた。

「さあ、帰るぞ」

佐吉が二人に言った。市郎は道三の出方を窺った。

「――」

道三は黙って俯いていた。佐吉が続けた。

「さっき、結城先生が小田原家中の侍を斬った。恐らく今頃、近隣の村の者が小田原に知らせていることだろう。だから、もう一刻の猶予もねえ。ぐずぐずしていると、小田原の手の者にしょっ引かれるぞ。そうなる前に、ずらかるんだ」

「道三」

市郎が堪《たま》らず声を掛けた。道三はまだ黙っていた。その時、それまで黙っていた結城四郎が道三に言った。

「道三、我らの大義を忘れたか」

「いえ、忘れていません。忘れていないからこそ、横浜で夷人を斬りたいのです」

「尊皇攘夷、攘夷の前に尊皇がある。我らの究極の大義とは、帝の御心《みこころ》を安んじ奉《たてまっ》ることであり、攘夷はその手段に過ぎん」

「……」

道三が目を剝《む》いた。

「今ここで目先の攘夷に拘《こだわ》り、我らの計画全体まで潰《つぶ》してしまってはならん。そうなっては帝に対して申し訳が立たぬ」

「はい」

　幾分、道三の表情が和らいできた。

「これから、我ら相州組の本隊は津久井に向かう。津久井はお前の縁《ゆかり》の場所だろう。お前が道案内をしなければ、行軍一つ立ち行かん。分かったか、道三」

「はい」

　道三は涙ぐんでいた。

「ならば、参ろう」

「はっ」

　四郎と道三はともに馬を駆り、さきほど来た道を厚木方面へと戻っていった。

「――」

　二人のやり取りを、佐吉と市郎は口をポカーンと開けて見ていた。

（そんなに大袈裟なことかねえ。まるで芝居掛かってやがる。国学を学ぶ奴らの考えることは、どうにも分からねえ）

　市郎が横にいた佐吉の方を向くと、佐吉も「同感だ」という顔をしていた。その後、二人は慌てて四郎と道三の後を追った。

第六章　津久井、八王子へ

1

　十六日未明、八王子。相州組一行が下川入村の佐野家にいた頃、上田修理率いる甲州組は、八王子の妓楼《ぎろう》壺伊勢と千代住に宿泊していた。その上田の下を、相州組隊長の鯉淵に命じられて、八王子に先行した長山真一郎が訪れていた。

「そうか、相州組は荻野山中陣屋を落としたか」

「はい」

「天晴《あっぱれ》じゃ。それで、今後相州組はどうなされる御積《おつも》りか？」

「思いの外、百姓衆は集まりませんでした。この数では到底小田原や横浜は襲えませんので、我ら相州組も甲府城攻めに参加させて頂きとう存じます」

「そうか、それは有難い。どうかお互いに力を合わせ、甲府城を攻め落とそうぞ」

「はっ」

「それで、相州組と我ら甲州組は、如何《いか》にして合流するのじゃ」

「しばし、このまま八王子でお待ち下されい。明日には鯉淵隊長以下、相州組一行がここ八王子に到着する予定でございます」

「あい分かった。では明日からの任務に備え、今日は存分に英気を養ってくれ。さ、まずは一献」

「有難うございます。されど、拙者はこれより相州組に戻り、甲州組との合流の件を上田殿が了承下された旨《むね》、鯉淵隊長に伝えとう存じます」

「ははは、まあ慌てることはない。お主とて、つい先ほどここに着いたばかりであろう。急《せ》いては事を仕損じると申すではないか。もう少し悠長に構えた方がよい。さ、一献」

「はっ」

上田は長山の猪口《ちょこ》に酒を注《つ》いだ。

二人で四半刻《どき》（三十分）ほど酒を酌《く》み交わした後、長山は相州組に戻るため、上田の前を辞《じ》そうとした。

その瞬間、妓楼の玄関で大きな物音がした。

「大変です。御用改めでございます」

慌てて中年の仲居が知らせに来た。

「何だと！」

二人とも慌てて傍《かたわ》らに置いてあった大小二刀を手に取り、身構えた。別室ではすでに斬り合いが始まっているようだった。

八王子近辺を所領とする代官、江川太郎左衛門の手代の増山健次郎、小仏宿所属の農兵頭の鈴木金平、日野宿名主の佐藤彦五郎に率いられた農兵らによる襲撃であった。佐藤彦五郎は新選組の土方歳三の義兄であり、近藤勇とも義兄弟の盃を交わしていたという。この襲撃によって甲州組の浪士四名が斬殺され、上田と長山は命からがら妓楼を脱出した。一方、農兵側も二名が犠牲になった。

長谷川伸の『相楽総三とその同志』によれば、この時甲州組に属していた原宗四郎という者が、実は本名甘利健次郎という会津浪人であり、幕府方の間諜であったという。この間諜によって甲州組の動きは事前に察知され、妓楼が襲われたのである。この辺りの経緯は、『里正日誌 第十巻』（東大和市教育委員会）の「明治元年里正日誌 三冊上」に掲載されている、江川家手代増山健次郎の手記から窺える。該当する部分を筆者が現代語に訳して引用する。

宗四郎（甘利健次郎）が酒宴を抜け出て、私（増山）の旅宿に来て言うには、「今、上田修理らは八人だが、荻野山中陣屋へ向かった者十八人が、明日八王子に来て合流する予定である。また野火止辺りの博徒が七十人ほど小仏峠辺りで合流し、さらに別の浪士数十人が与瀬宿か吉野宿辺りで合流する予定であり、その後総員で甲府城に向かい、計画通り暴動を起こして甲府城内に乗り込むつもりである。だから今晩を逃すと面倒なので、是非とも今夜中に討ち取るべきである」とのことであった。

野火止《のびとめ》とは、現在の埼玉県新座市にある町名である。また与瀬宿と吉野宿は、甲州街道中の宿場である。

　上田修理以下、残りの甲州組浪士たちは、江戸三田の薩摩屋敷に逃げ戻った。しかし長山真一郎は、翌十七日に甲州街道を一人で歩行していたところ、八王子千人同心に見つけられ、斬り合いの末に負傷して捕縛されたという。捕縛された場所は、布田（調布）宿とも下高井戸宿ともいわれている。恐らくは、三田の薩摩屋敷を目指していたのであろう。その後長山は、内藤新宿に護送されて関八州取締出役《とりしまりしゅつやく》に引き渡され、再び八王子に送られて、二十日に浅川の大和田河原で斬殺されたという。

2

　下川入村の佐野家、山際村の林家と中丸家、座間栗原村の大矢家から軍資金を借用した相州組一行は、中津原の信玄道を北上した。ただし佐野家では借用金額が不足だったので、当主の親類の伊之助を人質として連行した。

　一行は途中の中津村（現愛川町《まち》の南東部）で、熊坂家と梅沢家からそれぞれ三〇〇両を借用し、さらに北上を続け、戦国時代の武田氏と北条氏との戦いで有名な三増《みませ》峠に臨んだ。この峠を越えれば、目指す津久井根小屋村平井で酒造業を営む久保田喜右衛門家はすぐである。

この三増峠越えは困難を極めた。山道の勾配《こうばい》に加え、寒さと疲労が容赦なく浪士たちに襲いかかった。おまけに、陣屋から奪った大砲などの戦利品を携《たずさ》えての進軍だったので、余計重労働であった。

行軍のさなか、隊長の鯉淵は結城を呼んで言った。

「結城さん、そろそろ道三君にお願いしたいのだが」

「承知してござる。おーい道三」

結城は道三を呼んだ。

「お主は、これより平井の久保田家に先行し、我らの要件を先方に伝えてくれ」

「はっ」

「我々は久保田家で今夜の宿を所望《しょもう》したい、とな」

「はっ」

「では、頼んだぞ」

道三は馬を駆って久保田家に急行した。

十六日の夕七つ（午後四時）頃、相州組一行は久保田家に着いた。昨夜の陣屋襲撃からほとんど一睡もしていない一行は、疲労の極限に達しており、自《おの》ずと士気は低下していた。そんな隊の士気を鼓舞しようと、佐吉が雷様のような大声を出して言った。

「俺たちは、百姓や町人の生活を良くするために来た、世直し大明神だ」

あまりの声の大きさに、その場が静まり返ったが、佐吉は何ら気にせず、白い布に「世直大明神」と書いた一尺五寸（約四五センチメートル）くらいの小さな旗を振りかざし、

「俺たちは、決して皆に手を出さないから安心しろ」

と続けて言った。

佐吉の言葉を聞いた後も、しばらく重苦しい雰囲気に包まれていたが、次第に久保田家の人々に安堵の表情が浮かんできた。事前に連絡した甲斐があり、久保田家ではすでに浪士たちのために酒食の用意がなされていた。相州組一行は、ようやく陣屋襲撃後初めてのまとまった休息を取った。鯉淵隊長以下幹部たちは久保田家の母屋に泊まり、他の者たちは前を流れる串川の川原で火を燃やし、寒さをしのいだ。

一行は、久保田家にも軍資金の借用を要求した。ただし、宿泊させてもらうから減額したのか、要求額は一七五両（一説に一七七両）と、他の豪農商に比べると少額であった。しかし久保田家では、今当主の喜右衛門が不在であり、また安政三年と文久元年の二回にわたる火災のために、家計の支出が多いことを説明し、軍資金の貸出しを渋った。だが、それでも浪士たちが粘《ねば》るので、久保田家では仕方なく、取引き先である上野原の上原四郎左衛門より資金を調達するために、上原家へ使者を派遣した。

また一行は、上川尻村の八木家にも軍資金を要求し、八木家から三五〇両が久保田家の浪士たちの元に届けられた。この八木家からの軍資金を加えると、調達した軍資金の総計

は三、七五〇両に上った。

　その一方で、浪士一行は今回徴用した人夫たちに賃銭を支払って解放した。その内訳は前掲の通り、浪士たちが動員した人夫三三四人、馬二四頭に対し、賃金は総額一二一両三分余りであった。ただし二、三十人の人夫は残り、自ら希望したか強制されたかは分からないが、この後も浪士たちと行動をともにした。

　久保田家の母屋にいた鯉淵四郎は一人で考え込んでいた。その鯉淵に結城が訊いた。

「隊長、どうしました？」

「結城さんか。いや、実は八王子に先行した長山から、何の連絡も無いのだ」

「大方、甲州組の上田隊長に酒でも呑まされ、酔いつぶれているのでござろう。上田殿は酒好きゆえ」

「だといいのだが。どうにも胸騒ぎがしてならん。長山は生真面目な男だったからな」

「とにかく、明日八王子に急ぎましょう。八王子に行けば、はっきりすることでござる」

3

　相州組一行は、昨夜久保田家で出された酒食に満足して大いに疲れを癒《いや》し、翌朝まで熟睡していた。すると、どこからか太鼓の音が聞こえ、浪士たちは皆飛び起きた。

「隊長、これは」

「おのれ、謀《はか》ったか！」

普段冷静な鯉淵にしては珍しく激昂《げきこう》し、奥の間に軟禁状態で寝ていた当主の妻を連れてこさせた。浪士たちに突然叩き起こされ、荒々しく引き立てられた妻は気が動転し、怯《おび》えきっていた。

「奥さん、我々は昨夜からの貴方《あなた》のもてなしに喜んでいたが、これは我々を欺《あざむ》く手段だったのか。人を安心させておいて密告するとは言語道断、たとえ女といえども容赦はせぬ」

鯉淵は落ち着きを取り戻して言うと、刀に手を掛けた。妻は何のことか分からず、茫然《ぼうぜん》と聞き入っていたが、辛うじて訊き返した。

「な、何のことでございましょう？」

「とぼけるな。我らのことを領主に密告し、討手《うって》を差し向けさせたのであろうが」

「滅相《めっそう》もございませぬ。そのような大それたことを、できる訳がございません」

「まだ言うか。では、この太鼓の音は何だ」

「手前どもは近所の祖師堂に頼み、先祖の供養のために読経してもらっております。これは、その勤行《ごんぎょう》の際にたたかれる太鼓でございます」

「何と。それは真実《まこと》か？」

「お疑いでしたら、どなたかお遣《や》りになって、どうぞご確認下さいませ」

そこで鯉淵が部下を派遣すると、本当に御堂で坊さんが読経していたという。久保田家は日蓮宗の信者であり、また財力もあったので、自宅の前を流れる串川の向かいにあった荒句《あらく》（地名）の日蓮宗の祖師堂に、先祖の供養をお願いしていたのだった。

決まりが悪くなった浪士たちは、早々に久保田家を退去することにした。上野原の上原家から届くはずの軍資金を待つことも止めにした。従って、浪士たちは要求した一七五両の金を受け取っていないとする説（『津久井町郷土誌』、『荻野山中藩 厚木市文化財調査報告書 第一一集』）がある一方、前述の多摩郡小野路村の小島鹿之助による「聞き書き」（『厚木市史 近世資料編（五）』所収）によれば、久保田家は一七七両を支払ったとされている。もし久保田家が一七七両支払ったとすれば、浪士たちが調達した軍資金の総計は、あくまで目安だが三、九二七両になる。

さらに『荻野山中藩』によれば、浪士たちは久保田家の家人や使用人たち全員に、一人二分ずつの賃銭を支払ったという。余程久保田家でのもてなしに感謝し、且つあらぬ疑いをかけたことを申し訳なく思っていたのであろうか。

また、何の連絡もない八王子の甲州組が心配だったことも、浪士たちの早めの退去に拍車をかけた。この後一行が八王子に向かっていることから、この時点で鯉淵たちは、八王子における甲州組の壊滅は知らなかったと思われる。もし知っていたら、彼らは危険な八王子へは向かわずに違う道順で、江戸三田の薩摩屋敷へ直帰したと考えられるからである。

相州組一行は八王子を目指し、久保田家を出立した。一行は久保沢、川尻の辺りを通り、『小島日記三二』所収の「荻野山中藩陣屋襲撃事件と結城四郎」によれば、多摩郡小比企《こびき》村で早めの昼食を取ったという。この記述から、この時浪士一行が通った道は、恐らく現在の東京都道・神奈川県道５０６号線だと筆者は考えている。通説では、恐らく日本のシルクロードと呼ばれる国道１６号線を通ったと考えられていると思う。確かに八王子と横浜間を考えれば１６号線は妥当だが、一方八王子と津久井間は、１６号線よりも５０６号線の方が近道である。また１６号線よりも５０６号線の方が小比企村を通る距離が長く、さらに５０６号線沿いには幾つか寺もあって、当時栄えていたと思われるのである。

十七日の午九つ（正午）頃、浪士一行は八王子に着いた。着くや否《いな》や、浪士たちは異変に気付いた。町を行き交う百姓や町人らの、浪士たちを見る眼が尋常ではなかったからである。商店も閉まっている店が多かった。百姓や町人らはすでに、昨日甲州組の上田修理らが襲われた事件を知っており、町全体が緊張感に包まれていたのである。あるいは、一昨日の荻野山中陣屋襲撃の件も、彼らはすでに聞き知っていたかもしれない。

「隊長。これは何か、予期せぬ事態が発生したようです」

浪士の一人が小声で鯉淵に言った。

「そのようだな。長山が帰ってこないので、あるいはと覚悟はしていたのだが」

「とにかく、早々に我らは八王子を去った方が賢明かと。我らは大砲を積んだ荷車も引いておりますので、余計に目立ってしまいます」

　別の浪士が言った。

「そうだな。それでは、我らは八王子を素通りし、三田の薩摩屋敷に戻ることにする」

「はっ」

「あと、人足の誰かに、甲州組が泊まっていた妓楼の辺りを偵察させよ。そして、その人足には偵察が終わり次第、急ぎ我らの後を追って参れと伝えよ。よいな」

「はっ」

　のち、八王子を通過した一行に甲州組壊滅の報《しら》せが、放った人足よりもたらされた。

4

　甲州組壊滅を知った相州組一行は、速度を上げて江戸を目指した。もはや、いつ幕府側に襲われるか分からない状況であった。

　一行は十七日の夜には内藤新宿に着いた。八王子から内藤新宿へは、甲州街道で約九里半（およそ三七キロメートル）である。夜の何時に着いたのか定かでないが、荷車を引いていたことを考えると、かなり急いだことが窺える。

　浪士たちは、内藤新宿の妓楼で休息し、点呼をとった。薩邸浪士である鯉淵隊長以下、結城四郎、岩屋鬼三郎、鈴木佐吉、山田兼三郎は無事であった。一方川上司は負傷し、長山真一郎の姿は無かった。一行は内藤新宿で、大方の人足に賃銭を渡して解放した。結城四郎は自らの門人たちと、今後について話し合った。

「俺はこれから薩摩屋敷に入るが、皆はどうする？」

結城は、佐吉の顔を見ながら訊いた。

「あっしは止《や》めときやす。前にも薩摩屋敷に入りやしたが、どうも国学者たちとは、あっしは馬が合いやせん」

そう言って佐吉は、市郎の顔を見た。市郎も同感だったが、

(佐吉つぁんは、本当は博奕が打てないから、屋敷に入りたくねえんじゃねえか)

と、市郎は内心思っていた。薩摩屋敷内では博奕はご法度だった。

「私は屋敷に入ります。宜《よろ》しいでしょうか？」

道三がはっきりとした口調で言った。かなり以前から決心していたような口振りだった。

「そうか」

結城が満足そうに頷《うなず》いた。

「ところで親分さん、これからどうするんです？」

「ほとぼりがさめるまで、荻野にはしばらく戻れませんよ」

結城と道三が心配して訊いた。

「なあに、仲間の博奕打ちの間を転々として、しばらく隠れてますよ。幸い幾人かの博奕打ちに、これまでに貸しがありますんで。博奕打ちはこれでも、結構《けっこう》義理堅いんでね」

「市郎さんは？」

道三が訊いた。

「俺も当分飯山には帰れねえから、しばらくは佐吉つぁんに厄介になるつもりだ」

「そうですか」

「じゃ道三、元気でな。命を大切にしろよ」

「はい。市郎さんこそ気を付けて」

そうして、鈴木佐吉と弟の孫太郎、山川市郎は再び江戸を離れた。一方結城四郎と石井道三は、鯉淵や岩屋らの浪士隊仲間とともに、三田の薩摩屋敷に入った。

前掲の「結城四郎門人書」に記載された三十四名の門人たちの中で、石井道三と鈴木佐吉の他は、実際には誰が荻野山中陣屋の襲撃に加わり、その後誰が薩摩屋敷に入ったのかなど、詳しいことは分からない。恐らく相当数の門人たちが、陣屋の襲撃には何らかの協力をしたと思われる。しかし一方、薩摩屋敷に入るとなると、逆に門人たちの多くが入らなかっただろうと推測される。もし入っていれば、資料にそのように記載されたと推測されるからである。実際道三は、『赤報記』にも「石井三千三」として記載されているのである。

5

十八日夜五つ半（午後九時）頃、突如鈴木佐吉が荻野新宿の自宅に帰ってきた。その時佐吉の自宅には、同志の井上徳太郎の下へ養女に出した妹のやまが泊まりに来ていた。

「兄様《あにさま》。よくぞ、ご無事で」

佐吉の顔を見るなり、やまは涙ぐんだ。

「元気にしてたかい、やま。ほんの数日間会ってなかっただけなのに、随分長いこと会ってなかったような気がするぜ」

「はい」

「ところで、早速で悪いが、お前の養父の徳さんを呼んで来てくれねえか」

やまは徳太郎を呼んできた。

「お帰り、佐吉さん。お手柄じゃったのう」

「ああ、ありがとう徳さん。ただ色々と話したいことは山ほどあるが、あまり時間がねえ」

「そうじゃ、早めに逃げた方がええ。どうやら小田原家中が佐吉さんに目を付け、討手を差し向けてくるらしいんじゃ」

「やっぱりそうか」

結城四郎が小田原家中の侍を斬った場面が、佐吉の脳裏を過《よ》ぎった。

「じゃが、今はまだ早い。もし起きている人に気付かれたら、小田原方に密告されるかもしれん。もう少し周りが寝静まった頃の方がええ」

徳太郎は声を潜《ひそ》めて言った。

「ああ、分かった」

「何か証拠になるような文書《もんじょ》はないか。文書は全て処分した方がいいぞ」

「ああ、ありがとう」

「逃げる当てはあるのか？」

「まあ、何とかするさ。けど行き先は徳さんにも教えないぜ。知らない方が安全だからな」

「何なら、法界寺の存嶺和尚を頼ってはどうじゃ。どこかの同じ宗派の寺にでも、匿《かくま》ってもらったら？」

「和尚に迷惑は掛けられん」

「そうは言っても、同志じゃろうが。あ奴《やつ》も決して無下《むげ》にはせんと思うがのう」

「まあ、どうにも立ち行かなくなったら、考えるよ」

「そうか、分かった。ところで、他の者たちはどうしたんじゃ」

「結城先生と道三は薩摩屋敷に入った。市郎と孫太郎は俺と一緒だ。今、仲間の博奕打ちのところにいる」

「そうか、皆無事か。それは何よりじゃ」

「ところで徳さん、あんたは逃げないのか？」

「儂か。儂は逃げるには年を取り過ぎたわ。じゃが、儂には薩摩と国学者に友人がいる。いざとなったら、彼《か》の者らに助けを求めるつもりじゃ。小田原家中の探索が入ることを、すでに儂は彼の者らに知らせておる」

「分かった」

しばらく沈黙が続いた。ふと、徳太郎が思い出したように言った。

「ここに当座の銭を用意しといたから、持って行っとくれ」

「すまない。恩に着るよ」

その後佐吉は少し仮眠を取り、同夜九つ（午前〇時）頃再び出奔《しゅっぽん》した。

翌十九日、佐吉宅に小田原大久保家からの手入れがあり、鑓などの武器が発見され、村方に預けられた。また、井上徳太郎と養女のやま、鈴木家の下女のいし、及び鈴木家に出入りしていた百姓数人が拘束され、小田原へ送られた。

6

下荻野、荻野山中陣屋。襲撃事件当時の陣屋に宿泊していたために事件の一部始終を目撃し、江戸の荻野山中大久保家上屋敷に使者を遣《つか》わした天野惣次郎は、江戸から援兵が来るのを一日千秋の思いで待っていた。遣わした使者の村人はすでに帰ってきていた。しかし、援兵は一向に来なかった。

「遅い。江戸のお歴々は一体何をしているんだ」

惣次郎は苛立《いらだ》ちを募らせていった。

その頃江戸の上屋敷では、使者が到着して事件のあらましを伝えた後、当主大久保教義が幕府に対して事件を報告した。そして家臣を援兵として領国に派遣するため、当時拝命していた一橋御門の警護役を免じて欲しい旨《むね》願い出て、許可されている。恐らく、この辺りの手続きに時間が掛かったのであろう。

その後組織された援兵は六十人で、年寄役百二十石で文武稽古役の宮崎権平が率い、上麻布市兵衛町の上屋敷を出立して相州荻野に向かった。本来江戸から荻野へ向かうのであれば、事件当日の薩邸浪士たちのように、矢倉沢《やぐらざわ》往還（ほぼ現在の２４６号線）を使用するのが最短ルートである。ところが、宮崎らは態々《わざわざ》品川から東海道を進み、平塚を経由して荻野に向かったため、矢倉沢往還使用に比べて倍の時間が掛かった。実際、援兵が荻野に到着したのは、事件発生から数日後だったといわれている。

援兵が遠回りしたことを知った惣次郎は、激しい怒りを覚えた。

（本来援兵というものは、目的地に最短時間で駆け付けるものだろう。それを遠回りして

来るとは、暴徒に出会いたくなかったからとしか考えられぬ）

「とんだ援兵だな」

自嘲気味になった惣次郎の口から、無意識に言葉が出た。

（普段は偉そうにしているくせに、このザマは何だ）

いつしか、惣次郎の頬を涙が伝っていた。

（もう武士道精神は廃《すた》れてしまったのか）

その時惣次郎の脳裏に、事件当日に出会った市郎の言葉が蘇《よみがえ》ってきた。

（そういえば、あの盗人は「もう侍の世の中は終わりだ」と言っていた。悔しいが、確かにそうかもしれぬ。何しろ、もう武士道が存在しないのだからな）

惣次郎はその時の市郎の顔を思い出した。

（不思議な男だった。確かに盗人だが、決して私利私欲に支配された男には見えなかった）

惣次郎は考え続けた。

（ならば、あの男は何のために盗んだのだ。世の為《ため》人の為……世直しの為か？）

浪士一行が行った貧困者への施米・施金や、従っていた人足への賃銭の支払いといった話が、事件後数日経っていたので、すでに惣次郎の耳にも入ってきていた。

（もしかしたら、あの盗人たちの方が正しいのではないか？）

惣次郎は頭が混乱してきた。そして一度、あの男とじっくりと腹を割って語り合ってみたいと思った。後年、自由民権運動の闘士となる天野政立が誕生したのは、この時の強い思い──現状への怒りや絶望──があったからではないだろうか。

7

荻野新宿。荻野山中陣屋から目と鼻の先にある荻野新宿には、当然浪士一行による陣屋襲撃の話が、すでにかなり詳しく知れ渡っていた。

釜屋。書斎で、主人の左七と長女のえんが話していた。

「えん、実はいい縁談があってね」

「えっ」

「さる商家の次男坊でな。商才もあり、気立ても穏やからしい」

「……」

「先方も乗り気のようだし、どうだ、一度会ってみては」

「お父様、そのお話でしたら」

「もうお前も二十歳だ。……いい加減、あの男のことは忘れなさい」

「でも……」

「あの男は、ご陣屋を焼討ちした謀叛《むほん》人だ。もうお天道様《てんとうさま》の下を、大手を振って歩ける身分ではないんだよ」

「そんな」

「第一、生きてるか死んでるかも分からんじゃないか。仮に生きてたって、もう荻野には戻って来れないだろう」

「……」

左七の言うことは正論で、えんは何も言い返すことが出来なかった。確かに、このまま市郎を待っていてもどうにもならないと、えん自身思い始めていた。

「とにかく、近いうちに場を設《もう》けるから、そのつもりでいるんだよ」

えんは、家にいると気が滅入《めい》ってしまうので、散歩に出た。家の前の大山道（大山街道）を、大山道と甲州道が交差する四つ辻（交差点）に向かって歩いた。普段よく行く荻野川は、焼討ちされた山中陣屋に近いので、今日はやめた。荻野新宿は、大山道沿いと四つ辻周辺に多くの商店が軒《のき》を連ね、この日も旅人や買い物客で賑《にぎ》わっていた。

えんが四つ辻に着くと、向うから一人の女性が歩いてくるのが目に入った。佐吉の妹のやまだった。やまは、えんより三歳年上の二十三歳だった。

「まあ、やまさん。いつ小田原から戻ってらしたんですか？」

「つい先日、ようやく戻って来れました」

「それは何よりです。向うでは、何か手荒なことはされませんでした？」

「特に乱暴なことはされませんでした。お取り調べも、通り一遍《ぺん》のものといった感じで、本気で犯人を捕まえようとは、思っておられないようでした」

政道批判とも取られかねないことを、うっかり話してしまったやまは、軽く辺りを見回して舌を出した。

「そうですか。本当に良かったわ。それじゃ、また」

えんは軽く会釈をして歩きだそうとした。その時、突然やまがえんの袖《そで》を引っ張った。

「そうそう、えんさん。私、大事なことを思い出しましたわ」

やまは再び周囲を見回して言った。

「ここじゃ何だから、ちょっと、こちらへ」

やまは、四つ辻近くにある日吉神社（山王社）の木陰にえんを連れて行った。

「やまさん、一体どうしたんですか？」

「実は、事件後に一度、長兄の佐吉がこの荻野新宿の実家に帰ってきたんです」

やまは声を潜《ひそ》めて話し始めた。

「まあ」

「その時長兄は、今次兄の孫太郎と市郎さんの三人で逃げている、と言っていました」

「えっ。本当？」

「本当です。だから恐らく、市郎さんはまだ生きておられると思います。もし捕まったり殺されたりすれば、何か噂が流れてくるはずです」

「良かった」

思わず、えんの目から涙が零《こぼ》れた。今まで張り詰めていたものが、一気に緩《ゆる》んだような気がした。

「でも、いずれ捕まって、処罰されるのでは」

新たな不安が、えんの脳裏を過《よ》ぎった。

「さあ、どうでしょうか。ひと昔前ならいざ知らず、もう幕府は天朝様にご政道を返上し、天子様によるご政道が復活すると聞いております。ですから、何もかもが、これから変わるかもしれません。先ほども申しましたように、小田原家中もかつてのご威光はなく、実に大人しいものでした。この分だと、万一捕まっても、案外軽い罪で済むかもしれません。養父の徳太郎も、そう申しております」

「そうだと、いいのですが」

「とにかく、想う方が生きておられるのですから、どうか希望をお持ちになって下さい」

「はい。やまさん、本当にありがとう」

えんは、深々と頭を下げた。

第七章　薩摩屋敷焼討ち

1

慶応三年十二月十八日、鯉淵四郎ら相州組が薩摩屋敷に戻ると、今回の三地点での挙兵の結果が詳しく分かってきた。結果は惨憺《さんたん》たるものであった。もちろん、効果が全くなかった訳ではないが、当初の目標からはほど遠い内容であった。鯉淵らは、相州組はもちろん甲州組の結果も、八王子を通過してきたので、ある程度は分かっていた。同じく野州組についても、状況は芳《かんば》しくないとの噂は度々耳にしていた。しかし薩邸に帰着後、それらが正式に失敗したと詳しく聞かされ、やはり衝撃を受けた。

三地点の中で最も早く、最も兵力を注いだ野州組は、薩邸浪士隊の主力と言っていい存在であった。彼らは十一月二十九日に挙兵し、百五十人から三百人くらいの同志が集ったという。しかし、十二月十一日の栃木陣屋での戦いに敗れたのを皮切りに、出流山《いずるさん》、新里村《にっさと》、岩船山での戦闘でも挽回できず、次第に同志たちが戦死したり生け捕られたりしていき、十二月の半ばには野州組の敗北が決定した。再挙のために逃亡しようとした野州組隊長の竹内啓《ひらく》も、下総の猿島郡中田村で捕えられた。野州組敗北の原因は、資金不足に苦しめられたことと、幕府側の間諜により、浪士側の情報が幕府側にかなり漏れていたせいだといわれている。隊長の竹内は違ったが、生け捕られた浪士たち四十数人が、十二月十五日と十八日とに分けて、野州の佐野河原で処刑された。

　この佐野河原での処刑が十八日に薩摩屋敷に伝わった。日程的に、恐らく十五日に処刑した分だけが伝わったのであろうが、この処刑に相楽総三らの幹部は激怒した。そこで相楽たちは報復として、配下の峰尾小一郎らに命じ、二十三日に神田川岸にあった関八州取締出役の渋谷和四郎や木村喜蔵らの屋敷を襲い、彼らの家族を殺傷した。この辺りにも単なる擾乱・挑発という限度を超えた、相楽たちの討幕行動（対幕府戦争）が窺える。すると、その報復として今度は二十四日に野州組隊長の竹内啓が、護送の途中下総の松戸駅で木村喜蔵によって斬首された。事態は報復の連鎖という、最悪の様相を呈《てい》し始めていた。

　そんなさ中の薩摩屋敷に、相州組の長山真一郎が八王子で処刑されたとの連絡が入った。長山は相州からの連絡役として八王子に赴《おもむ》き、八王子の妓楼にいたところを幕府方に襲撃され、それ以来行方不明になっていた。しかし薩邸の浪士たちは、甲州組隊長の上田修理がすでに薩摩屋敷に帰ってきており、上田から長山は八王子の妓楼を脱出したと聞いていた。だから浪士たちは、長山が傷の治療でもしながらどこかに潜伏しており、いずれ薩摩屋敷に帰ってくると思っていたのである。相州組浪士の中では初めての犠牲者だった。

　薩摩屋敷内で相州組の面々が集まり、長山の死を悼《いた》んだ。

「許せん、幕府の奴ら」

石井道三が憤《いきどお》った。

「残念だ。あいつはこれからの戦に、是非とも必要な男だった」

傍《かたわ》らの結城四郎が相槌を打った。

「故郷には老母と妹がいて、長山の帰りを待っていると、前に本人から聞いたことがある」

岩屋鬼三郎が続いた。

「いたわしいことだ。いつか折をみて、訪問して差し上げよう」

川上司が言った。

「長山の仇《かたき》はいずれ必ず取ってやる」

山田兼三郎が息巻いた。

「幕府の奴らは狂っている。この様子では幕府方に捕まったら最後、命はないものと思った方がいい。みんな暮々も気を付けてくれ」

鯉淵隊長が全員の顔を見ながら言った。

結城が、長山のことを「これからの戦に必要だ」と言ったのには訳があった。実は長山は上州新田郡綿打《わたうち》村の出身であり、建武の新政時に後醍醐天皇側として活躍した新田義貞の末裔である、新田（岩松）満次郎に関係のある人物であった。長山真一郎の従兄弟で、同じく薩邸浪士であった長山源十郎が、新田満次郎家の医師だったのである。

新田義貞は尊皇の鑑《かがみ》として広く知られており、特に尊皇攘夷派の人間にとっては「神」

のごとき存在であった。その子孫である満次郎が討幕の戦いに加わるだけで、大いに士気が上がることが予想された。そこで筑波山や赤城山の挙兵において盟主として決起してくれるよう、満次郎は散々説得されたのだが、ついに決起することはなかった。だから長山はいわば新田満次郎の名代であり、また今後の戦いにおいて新田満次郎擁立を考える際の、満次郎とのパイプ役にもなり得る人物だったのである。「これからの戦いに必要」とは、そういう意味であった。

三拠点での挙兵が失敗したことを受けて、相楽たち幹部は方向転換をした。相州組は決して失敗ではなかったが、しかし、当初の究極の目標だったと思われる小田原城を攻撃できず、また甲州組と合流しての甲府城奪取も叶わなかったので、成功とはいえなかった。

ここにおいて薩邸浪士たちは、自力で幕府を倒すことは諦め、江戸の擾乱《じょうらん》に専念することにした。いわゆる、江戸を擾乱して幕府に薩摩屋敷を攻撃させ、大政奉還を阻んで武力討幕に踏み切る口実を得ようとの、西郷の策に基づくものであった。ただし前述した通り、西郷は初めから「武力討幕のための口実作り」として江戸擾乱を指示した訳ではなく、当初は相楽たちだけで討幕してしまっても構わないと思っていたと、筆者は考えている。

相楽は配下の浪士たちに、以前から行わせていた江戸市中における辻斬り、強盗、放火を、より過激に行うよう命じた。これらの悪行は現在に至るまで甚《はなは》だ評判が悪いが、決して無秩序に悪行を繰り返した訳ではなく、それなりの規則があった。『薩邸事件略記』

によれば、

浪士凡《およ》ソ内規アリ。一ニ幕府ヲ佐《たす》クル者、二ニ浪士ヲ妨害スル者、三ニ唐物商法スル者、此三者ハ勤王攘夷ノ讐敵《しゅうてき》ト認メ誅戮《ちゅうりく》ヲ加フベキ者トス

一は幕府の御用達《ごようたし》商人のことであり、二は浪士の取締を行った庄内酒井家、及び庄内酒井家の指示に従った新徴組などであり、三は横浜の貿易商人であった。これらの者たちにだけ、天誅を加えることができるとしたのである。

また、「唯私欲ヲ以テ人民ノ財貨ヲ強奪スルヲ許サズ」(『維新史の再発掘』高木俊輔)という規則もあったという。この規則がどれほど守られたのかは定かでないが、それでも『相楽総三とその同志』によれば、柳橋の芸者と懇意になり、そのため金に困って強盗を働いた内藤縫之助《ぬいのすけ》を、浪士たちは処刑している。相州組の山田兼三郎が、内藤と芸者の最後の別れを取り持ったという。

相楽に命じられた峰尾らが、関八州取締出役の渋谷や木村の屋敷を襲撃したのと同じ二十三日、江戸城二の丸に火災が発生した。これは薩摩の伊牟田尚平が放火したものといわれている。薩邸浪士による、庄内酒井家家臣や新徴組への小銃発砲事件も連発していた。

ここにきて、状況は一触即発の様相を呈してきた。薩邸浪士にどう対処するかで、内部で議論を繰り返してきた幕府は、二十四日になって、以前より討伐は時期尚早だと唱えていた勝海舟が、討伐強行を主張する小栗忠順《ただまさ》に押し切られる形で決着した。直接に浪士たちと遣《や》り合う、庄内酒井家の意向が影響したという。

2

翌十二月二十五日未明、幕府に薩邸浪士の召し取りを命じられた庄内酒井家、羽州上《かみ》の山《やま》松平家、越前鯖江間部《まなべ》家、武州岩槻大岡家の四家の家臣たちが、三田の薩摩屋敷の周囲を囲んだ。幕命を受けた他家の家臣たちも、それぞれの持ち場についた。

幕府側の主力である庄内勢の指揮は、庄内酒井家の家老、石原倉右衛門《くらえもん》が取った。石原は同じ庄内人の安部藤蔵《とうぞう》に談判役を命じ、薩邸の正門に向かわせた。安部は簡単な自己紹介と来訪の目的を門番に告げ、薩摩藩邸の留守居役である篠崎彦十郎に取り次いでくれるよう求めた。素早く門番が屋敷に行って安部の来訪を知らせたところ、正門に篠崎の使者がやって来て、「安部殿に篠崎がお会いしますので、ご案内します」と安部に告げた。

安部は正門脇の通用門から邸内に入り、篠崎の使者に案内されて表玄関の前に来た。すると、そこに薩邸の留守居役篠崎彦十郎と留守居添役関太郎が現れ、談判が始まった。安部が切り出した。

「貴家のご邸内に、江戸市中において不埒《ふらち》な悪行の数々を行った浪人がいると聞く。その者どもをお引渡し願いたい」

安部の言葉遣いは「要望」だったが、語気はほぼ「強制」であった。

「邸内に浪人はいるかもしれぬが、仰《おお》せのような行いをした者かどうか分からぬ」

篠崎は落ち着いて、淡々と答えた。

「ならば、貴殿はお引渡しを拒《こば》まれるおつもりか？」

安部の表情が幾分強《こわ》ばった。

「まず当方で浪人を調べた上で、お答え致す」

篠崎の事務的な回答に、次第に安部は苛立《いらだ》ってきた。

「我が庄内は幕府より、貴邸に潜んでいる浪人を召し捕れとの命を受けてござる。よって、とにかく浪人をお渡し願いたい。必要な吟味《ぎんみ》は、全て当方で行う」

「はて、これは異《い》なことをおっしゃる。幕府は先頃、ご政道を天朝様にお返しになってござる。従って、もはや幕府が命を下すことは有り得ませぬ」

安部は篠崎の答えに一瞬戸惑ったが、素早く切り返した。

「我が庄内は江戸市中の取締りを命ぜられてござる。その職責において、浪人の引渡しを要求しているのでござる」

「幕府自体に、すでにそのような命を下す権限が無いのでござる。よって、もはや貴家にも、江戸を取り締る職責はござらぬ」

（これでは埒《らち》が明かぬ）

即座に安部は決心した。

「ならば、致し方ござらぬ。この上は力ずくで押入り、浪人どもを取り押さえるまで」

安部はそう言い放つと、踵《きびす》を返して通用門に向かった。『相楽総三とその同志』には、談判が決裂して引き返す安部を篠崎が、

「安部さん、ちょっとお待ちなさい」

と呼び止めようとして、篠崎は通用門まで安部を追いかけたと書かれている。その理由は「多分第二の談判に移ろうとした」とされているが、第二の談判の内容までは書かれていない。しかし篠崎がなぜ、この期に及んで次の談判をしようとしたのか、筆者には理解し難い。普通に考えれば、この談判が決裂すればいよいよ薩邸が攻撃され、武力討幕に踏み切る口実ができるからである。

とにかく、篠崎は安部を追って通用門までやって来た。しかし、安部は後ろを振り向きもせずに通用門を出た。そして『相楽総三とその同志』では、

「安部さん、しばらく」

と言って通用門から顔を出した、正にその時に、逸《はや》った庄内兵の鑓によって篠崎は突き殺されたとしている。

篠崎が殺された瞬間、門外では「やった」というどよめきが起こり、それと同時に薩邸への攻撃が開始された。午前七時のことであった。

3

篠崎が安部と談判している時、総裁の相楽は薩邸内の浪士たちを広間に集合させた。邸内の浪士はおよそ二百人であった。邸外も邸内も、緊張感が漲《みなぎ》っていた。篠崎と安部の談判は単なる「儀式」であり、談判が終われば戦闘に突入すると、誰もが考えていた。

相楽は、集まった浪士たちに向かって訓示をした。

「この戦いは戦闘が目的ではない。だから敵を倒すことよりも、脱出することを心掛けよ。あくまでも生きることに固執して京の都に上り、引き続きご奉公するのだ」

一同は静まり返って、相楽の言葉を聞いていた。

「敵は当屋敷の周囲を取り囲んでいるが、三田通りに面した当邸の通用門のみ、庄内兵が遠ざかっている。我々が退路をそこに求め、その門から出てくるとみたのであろう。それは我々が反撃に出ずに退去する、という奴らの見込みである。ならば、我らはその庄内の策に乗ってみようと思う」

初め一同は静まり返っていたが、次第にざわつき始めた。

「それは、庄内の罠ではないか」

「そうだ。我らをおびき出して、討ち取るのであろう」

一同が静まるのを待って、相楽は続けた。

「仮にそうだとしても、他に策はない。ならば一か八か、突撃するしかあるまい。それに内心庄内は、我々と正面切って戦う気はないと私はみている。奴らの任務は、最終的には江戸の治安の維持だ。だから、我々が戦わずに江戸から退去するのであれば、それに越したことはないと考えていると思う。奴らとて、無駄な血を流したくはないのであろう」

ひと呼吸置いて、相楽は皆の顔を見渡した。皆が納得したようなので相楽は再び続けた。

「我々は三田通用門より打って出て、一丸となって三田通りに出て、ただひたすら南を目指して走る。そして鮫洲《さめず》の辺りに集合し、船を雇って沖に停泊中の薩摩の翔鳳丸に乗りつけ、江戸を後にする」

一同がどよめいた。そこまで相楽が周到に準備していたとは、皆知らなかった。

「我らが退去する時、追跡してくる敵がいても応戦してはならない。なぜなら、今日までの我々のご奉公は、舞台の第一幕が終わったに過ぎないからだ。そして、京の都で同志、薩摩の西郷吉之助殿の指揮を仰ぎ、我々のご奉公の第二幕が開けるのだ」

一同は静かに聞き入っていた。

「万一、退去の途中で同志とはぐれてしまった者は、それでも諦めずに命を大切にし、できるだけ京の都に上って同志に合流して欲しい。京都での集合場所は東寺である。東寺に同志の姿が無くても、そこで万事分かるようにしておく。京の都に上ることができない者は、極力命を大切にして潜伏し、我々のご奉公の第二幕が開け、我々が関東方面に下ることを聞いた時、直《ただ》ちに合流しに来て欲しい。くれぐれも命を大切にし、次のご奉公に役立てられよ」

と指示した。聞き入っていた浪士の中には、涙ぐんでいる者もいた。そして相楽は、浪士一人ひとりに金を分配した。その金は、半年くらいの潜伏に十分な額だったという。

相楽の言うように、庄内兵には積極的な戦意は無かったようである。しかし上《かみ》の山や鯖江など他家の兵には、浪士たちを殲滅《せんめつ》してやろうといった戦意があったといわれている。

4

三田薩摩屋敷の留守居役、篠崎彦十郎が庄内兵に鑓で殺害されたことは、直ちに薩邸内に伝わり、浪士たちは臨戦態勢を取った。

石井道三は、薩邸の庭の築山に設置された大砲を打っていた。砲撃の指揮は薩邸浪士隊の副総裁である落合直亮が執《と》っていた。道三は大砲の打ち方などろくに知らなかったが、当時二十三歳と邸内の浪士の中では比較的若かったことと、堂々たる体躯《たいく》に加え、何よりも相州組の一員として荻野山中陣屋の襲撃に加わったからであった。道三が操作している大砲は、何を隠そう荻野山中陣屋から奪ってきたものだったのである。

（どう打てばいいんだ）

慣れない大砲の操作は大変だった。習熟していれば、さほど苦にならないのであろうが、不慣れな道三は砲身の熱さに火傷《やけど》し、砲音の大きさに一時的に聴覚が麻痺《まひ》し、砲弾一発ごとに吹き出る煙や粉塵《ふんじん》に噎《む》せ返った。

道三が必死に大砲を操作する中、数人の浪士が通用門めがけて突撃した。その中には同じ相州組の山田兼三郎がいた。山田は唸《うな》り声を上げ、門に向かって突進した。見事な突貫ぶりであった。

（山田さん、しっかり）

吹き上がる砲煙の中で、道三は願った。その瞬間、山田は幕府側の一斉射撃に遭《あ》い、前のめりに倒れた。一瞬の出来事だった。

「山田さん！」

道三は叫《さけ》んだが、山田は動かなかった。この時山田は、こめかみを銃弾が貫通して死亡したという。

なおも道三が必死に大砲の操作をしていると、背後から砲撃を指揮する落合の声がした。

「おい、我らも脱出するぞ」

「はい」

道三は一旦屋敷内に戻り、素早く身支度をした。もはや一刻の猶予もない。道三は幾つもの部屋を横目に、縁側にある廊下を走った。すると、ある部屋の前を通り過ぎようとした時、部屋の中から物音がした。急いで道三が部屋の障子を開けてみると、負傷した同じ相州組の川上司がいた。

「川上さん、まだ逃げてなかったんですか？」

「ああ。逃げようとしたが、この負傷した足ではうまく歩けなくてな」

「さあ、私の肩につかまって下さい」

「いや、俺はいい。お前一人で逃げてくれ」

「何言ってるんですか。さあ、早く」

「無理だ、道三。俺に肩を貸したりしたら、お前まで逃げられなくなる。俺に構わず行ってくれ」

「荻野からずっと一緒にやってきたじゃないですか。川上さん一人を残して行けませんよ」

荻野山中陣屋の襲撃後、浪士一行が津久井から八王子、そして三田の薩摩屋敷へと向かう道中、幾度となく道三は川上に肩を貸していた。

「相楽総裁も言っていただろう。命を大切にしろと。頼む、お前一人でも逃げ延《の》びて、俺の分まで君の為《ため》、民の為に尽くしてくれ。さあ、早く行け」

「いやです。一緒に行きましょう、川上さん」

（やむを得ん）

素早く川上は腰から小刀を抜き、自らの腹を切ろうとした。

「道三、さらば！」

「あっ」

道三が叫んだ瞬間、川上の小刀を背後から男が掴《つか》んだ。慌てて道三が男の顔を見た。

「先生」

結城四郎だった。

「川上さん、あんたも命を粗末にしちゃいかん」

川上は、俯《うつむ》いて肩を震わせていた。泣いているようだった。

「道三、お前もいい加減にしろ。さあ、行くぞ」

結城は道三を促《うなが》した。

(川上さん、すみません)

道三は川上に一礼し、結城に従った。

「川上さん、お互い命があったら、また会おう」

結城の言葉に、川上は小さく頷いた。

川上司はこの後、幕府軍の捕虜になった。その後、川上がどうなったかは分からない。

また当時薩摩屋敷にはいなかったが、島津家家臣の益満休之助も幕府方に捕えられた。

5

上の山兵の指揮は、金子六左衛門（清邦）が執《と》っていた。金子は、前述の荻野山中大久保家の家臣、松下祐信が師事していた人物である。庄内兵と違い、上の山兵は浪士たちを積極的に討ち取ろうとしていたので、自《おの》ずと激戦になっていた。そのさなか、金子は薩邸浪士の峰尾小一郎に狙撃されて重傷を負い、その傷がもとで翌日（二十六日）に死亡したという。峰尾とは、これも前述の、関八州取締出役の渋谷和四郎と木村喜蔵らの神田川岸にあった邸宅を襲い、彼らの家族を殺傷した人物である。

三田通用門より薩摩屋敷を出た結城四郎と石井道三は、一路鮫洲を目指し、南へ向かって走り出した。その二人の前に、どこの藩兵か分からないが、数人の侍が立ちはだかった。

（こいつらと戦ってる場合じゃないんだが）

しかし彼らが二人の行く手を遮《さえぎ》ったので、結城と道三の二人は仕方なく応戦した。結城は自慢の力技で、二人、三人と一気に敵兵をなぎ倒した。ところが道三は、一人の敵にてこずっていた。先《せん》だっての砲撃で筋肉が疲労し、手と腕に力が入らなかったのだ。

「どうした、道三。早くしろ。お前ならやれるはずだ」

「はい」

道三は覚悟を決め、「肉を切らせて骨を断つ」要領で、捨て身の作戦に出た。道三が戦意を失くしたと思ったのか、敵は上段から一気に刀を振り下ろしてきた。

（かかった）

道三は身を引いて相手の刀先をかわそうとしたが、僅《わず》かにかわし切れず、左手の人差し指の一節を斬られてしまった。だが、道三の剣は確実に相手をとらえていた。次の瞬間、敵は血を流してその場に倒れ込んだ。

（やった）

道三の子孫の話では、道三の左手の人差し指は一節無く、これは敵と戦った際に斬られたもので、相手の刀よりも長身である道三の刀の方が長かったため、辛うじて命を長らえることが出来たのだという。

また道三の地元の荻野にも、鈴木佐吉の末の妹すみ（佐吉にはやまの他に、もう一人妹がいたらしい）の息子の体験談として、後年医者になった道三が往診に訪れた際に、すみと交わした次のような会話が伝わっている。

「（荻野山中陣屋）焼討ちの時、先生が浪人の中にいたのを知っている人はいなかったね」

「うん、知っている人はいなかったね。でも薩摩屋敷では危なかったよ」

と言って、手の傷（恐らく一節無くした人差し指のことだろう）を彼女に見せたという。

三田の薩摩屋敷を脱出した浪士らは、前に相楽が訓示したように鮫洲までやって来た。総裁の相楽をはじめ落合直亮など、主だった者は皆無事であった。相州組の面々では、隊長の鯉淵四郎と岩屋鬼三郎、結城四郎、石井道三が無事鮫洲に着いた。鮫洲で浪士一行は漁船三隻を雇い入れて乗り込み、沖に停泊している薩摩の翔鳳丸に向かって漕《こ》ぎ出した。

この時江戸湾には、幕府の回天丸と咸臨丸が停泊していたが、浪士たちが乗った漁船の一隻目が翔鳳丸に着いたところで、翔鳳丸と回天丸との間で砲撃が開始された。だから残りの二隻は翔鳳丸に近づきたくても近づけず、しばらく波間を漂うしかなかった。この時翔鳳丸には伊牟田尚平も乗っていた。伊牟田は江戸城二の丸に放火した後、翔鳳丸に避難していたのだが、浪士たちを乗船させようと懸命に努めた。しかし、残り二隻は如何《いかん》ともし難《がた》かった。

二隻は翔鳳丸に乗り込むことを諦《あきら》め、浪士たちは羽田に上陸し、羽田で自分たちの今後について素早《すばや》く協議した。その結果、すぐさま京都に上る者と、いったん京都行きは止めて他日を期す者とに分かれたが、とにかくこれで浪士隊はひとまず解散とし、その後の行動は各自に任せることになった。

相楽総三、落合直亮、鯉淵四郎らは翔鳳丸に乗船したが、岩屋鬼三郎、結城四郎、石井道三らは、『明治維新草莽運動史』（高木俊輔）の付録にある「諸隊名簿」によれば、乗船できずに羽田に上陸したとある。岩屋、結城、石井の三名とも、この後京都に上っている。

結城四郎は京都到着後、相楽らとともに赤報隊に入隊し、信州下諏訪まで進軍した。しかし、いわゆる「偽官軍事件」に連座し、相楽たちが死刑になったところを、危うく一命を取りとめ、追放で済んでいる。岩屋鬼三郎は、京都到着後赤報隊には入隊しなかったらしい。後に古世蔵人と名乗り、明治維新後も存命し、大阪に住んでいたという。

石井道三は、京都到着後の動向がよく分からない。剣術の師である結城が赤報隊に入隊したのに、なぜ石井は入隊しなかったのか、その理由もはっきりしない。渡辺欽城の『三多摩政戦史料』によれば、「石井は薩摩の船に乗じ京都へ着き更に薩摩に身を潜《ひそ》めた」とされている。石井の地元の荻野にも同様の話が伝わっているが、今のところ、石井の鹿児島行きを証明する文献に筆者はまだ出会っていない。ただし、石井は変名の「簗井満弥」として、明治二年一月には二条城の御親兵になっていることが、前述したように『平田篤胤全集』別巻の「誓詞帳」と「門人姓名録」に記載されている。

翔鳳丸は悪天候に悩まされ、所々で休み、修復しながら、駿河湾、遠州灘へと進んだ。しかし、遠州灘を渥美半島に沿って進み、志摩を過ぎて伊勢、紀伊に入ったところでとうとう力尽き、十二月二十九日に紀伊の九鬼港へ入った。この九鬼港で、一行は早速翔鳳丸の修理に取り掛かった。だが、いつになったら上方へ向けて出帆できるか分からないので、先発隊を陸行で京都に向かわせ、一刻も早く薩摩の西郷吉之助に、江戸三田の薩摩屋敷が幕府軍によって攻撃されたことを伝えようとした。

その先発隊に、浪士側として落合直亮、鯉淵四郎、また薩摩側からは伊牟田尚平がそれぞれ選ばれた。三人は雪が降りしきる中、翌三十日に京都を目指して出立した。紀伊山地を迂回《うかい》するかたちで一旦伊勢に入り、櫛田《くしだ》川の上流の波瀬《はぜ》から大和に入り、宇太《うた》を通って桜井に出た。それから一路北上して奈良を通り、木津、宇治、伏見と進んで一月四日に京へ入った。しかし西郷の元には、すでに江戸の薩摩屋敷での戦闘の結果がもたらされており、鳥羽・伏見の戦いは前日の三日から始まっていたのである。

彼ら三人が西郷に面会した時、西郷は非常に喜んだという。『薩邸事件略記』には、**四日に直亮らは西郷吉之助に面会し、関東の顛末を報告した。西郷氏は喜んで、「私は前月（十二月）の三十日に江戸薩邸の事件を聞いた。昨日の三日から始まったこの戦争は、いつか起こるだろうと推測していたが、こんなに早く起こるとは思っていなかった。にもかかわらず、この戦争を早め、徳川氏滅亡の端緒を開いたのは、実に貴兄らの力であり、感謝に堪えない」と言った。（現代語訳筆者）**

と記されているのである。海路を兵庫経由で入京した相楽総三らが、翌五日に西郷に報告した時も、恐らく西郷は同様に歓待したであろう。

西郷は慶応四年の元日には、すでに江戸薩摩屋敷の焼討ち事件を知っていた。出羽秋田佐竹家家臣の高瀬権平《ごんぺい》、楠英三郎ら計七名が、二十五日の朝江戸を発って大晦日（三十日）の夜京都に着き、薩摩の京都留守居役の下に知らせたことが、元日付の西郷から薩摩の蓑田伝兵衛へ宛てた手紙に書かれているのである。なぜ秋田佐竹家の家臣が知らせたかというと、恐らく平田国学の門人間の情報網による伝達なのであろう。高瀬権平も前述の

『平田篤胤全集』の「誓詞帳」と「門人姓名録」に、名前が記載されているのである。

鳥羽・伏見の戦いは、一月三日から六日にかけて行われ、新政府軍の勝利に終わった。その六日夜には将軍徳川慶喜が、老中や会津の松平容保、桑名の松平定敬《さだあき》など、僅《わず》かな側近とともに海路江戸に逃げ帰った。翌七日には慶喜追討令が朝廷より出され、ここに幕府は朝敵となったのである。

そして相楽ら浪士たちは、「京の都を脱出した綾小路俊実と滋野井公寿《きんひさ》の二人の公卿が、近江の坂本で東征軍の先鋒隊を結成することになっているから、是非それに加わって働いて欲しい」と西郷から告げられるのである。この「先鋒隊」が後の赤報隊であり、これが偽官軍事件へと続いていく。この時点から僅《わず》か二カ月も経たないうちのことであった。

6

慶応四年一月二十日頃、甲州万沢《まんざわ》村。鈴木佐吉と山川市郎は、この万沢村に潜伏していた。万沢村は、現在は山梨県南巨摩《こま》郡南部町《なんぶちょう》にあり、富士山の西側の麓《ふもと》、山梨県と静岡県の県境である。

「はあ、はあ」

「奴ら、もう追って来ねえか？」

「ああ。だけど、しつこい奴らだな」

二人とも息が荒かった。ちょうど二人は、追手を撒《ま》いたところであった。

佐吉と市郎は昨年の十二月十七日に、相州組一行とともに江戸の内藤新宿まで行ったが、そのまま三田の薩摩屋敷に入ることを躊躇《ちゅうちょ》し、それまで行動をともにしていた結城四郎や石井道三と袂《たもと》を別《わか》った。その後佐吉は、十八日の夜に一旦は相州荻野の自宅に戻ったが、小田原大久保家の探索が入ることを知り、慌《あわ》てて夜中のうちに再び出奔《しゅっぽん》した。そして、近郊の博奕打ち仲間の家に待たせていた市郎と自分の弟の孫太郎に合流し、相州、武州、甲州の博徒仲間の家を転々としていたのだった。

あるいは、三人は甲州では、八代《やつしろ》郡上黒駒村の檜峯《ひみね》神社の兼武神主である、武藤外記、藤太親子の下に潜伏したのかもしれない。前述の通り、武藤親子は今回の甲府城奪取計画の黒幕なので、同志である相州組の佐吉ら三人は、かなり温かく迎えられたのではないかと思うからである。

「佐吉つぁん、孫太郎はどうなったかな?」

「分からねえ。無事でいてくれれば、いいんだがな」

当初は三人で潜伏していたのだが、二人と孫太郎とは、逃走中どこかではぐれてしまったのだ。息を切らせながら、佐吉が言った。

「やっぱり、薩摩屋敷の焼討ちがあってから、幕府の捜索が格段に厳しくなりやがったな」

「ああ。まだ、かなりの数の浪士が逃走してるって話だからな」

市郎が相槌を打った。

「だけど市郎、京都の鳥羽・伏見では薩長軍が勝って、西郷が江戸を目指して進軍して来るって話じゃねえか。なのに幕府はまだ、抵抗するつもりなのか」

「確かに。もう幕府は政《まつりごと》を帝に返したはずなのに」

つい先日まで滞在していた博徒仲間の家で、二人は基本的な世の中の動きは聞いていた。しかし、幕府の捜索が厳しくなってきたので、博徒仲間に迷惑が掛からないように、二人はその家を出たのだった。

「まあ、孫太郎のことは心配だが、かえって目立たなくなるから、別行動した方が良かったかもしれん。それにその方が、どちらかが生き残る率も高まるってもんだ。二人一緒じゃ、捕まるのも一緒だからな」

佐吉がしみじみと言った。

「そりゃまた、随分目先がきくもんだな」

「家名を残すためだ。必死にもなるってもんよ」

「家名って、何大層なこと言っててんだよ。博奕打ちのくせに」

市郎が冷やかした。すると、佐吉が真面目《まじめ》な顔をして言った。

「じきに均《なら》しの世が来る。そうなりゃ、博奕打ちだって大手を振って歩けるようになる」

「世の中が変わったって、博奕打ちは博奕打ちだろ。なあ佐吉つぁん、これを機に博奕をやめたらどうだ。堅気《かたぎ》になった方がいいんじゃねえか？」

市郎も真面目に返した。

「まあ、考えとくわ」

しばらく静寂な時間が流れた。

「市郎。お前こそ、どうするんだ？」

「何が」

「えんのことだよ」

「もう、どうにもなんねえよ。こうして、俺はお尋ね者になっちまった。もうあいつの相手としては相応《ふさわ》しくねえ」

「それこそ世の中が変われば、お尋ね者じゃなくなる。大手を振って歩けるようになるぜ」

「まあ、考えとくわ」

市郎は、先ほどの佐吉の返事を真似《まね》て答えた。

「ははは。そのためにも、ここは何とか逃げ延《の》びなくちゃやな」

その時、二人の背後で物音がした。

「しっ」

辺りに緊張が走った。

「あっ」

突如、二人は十人ほどの捕手《とりて》に囲まれてしまった。

「神妙にせい。大人しくお縄を頂戴すれば、痛い目に遭《あ》わんで済むぞ」

何の抵抗もできず、瞬《また》く間に二人は後ろ手に縛られてしまった。

7

二人は番所に連れていかれて、吟味された。番所とは、代官所の出張所のことである。

「我らは関八州取締出役の手の者である。その方ら、名は何と申す？」

「寅吉」

「弥市」

二人は取り調べ人の様子を窺いつつ、偽名を言った。

「本当だな。後ほど、その方らの住む村に一緒に行き、村人たちに首実検させる。その際、もし違う名前が出てきたら、その方らの命はないぞ」

（えっ）

（やべえ）

「時に寅吉と申しやすが、本名は佐吉と申しやす」

「同じく、時に弥市と申しますが、本名は市郎でございます」

「うむ。では、その方らの住む村は？」

「……」

「この期《ご》に及んで隠し立てしても、どうにもならんぞ。その方らが申した村に、我らは問い合わせる。もし申したことが偽りであれば、直《ただ》ちにその方らの首を刎《は》ねる」

二人は観念した。

「相州愛甲郡下荻野村でごぜえやす」

(荻野？)

取り調べ人の目が光った。

「同じく飯山村でございます」

「身分は」

「二人とも百姓でごぜえやす」

「その相州の百姓風情《ふぜい》が、なぜ甲州におる？」

「ええと、あっしら二人とも、しがねえ博奕打ちでごぜえやすが、気がついたら借金が溜《た》まり過ぎて、首が回らなくなっちまったんでさ。そいで、この市郎と相談して、家を飛び出してきたんでごぜえやす」

「本当だな」

「へえ、嘘は申しやせん」

「ならば訊く。その方ら、よもや近頃、江戸三田の薩摩屋敷から逃亡を謀った浪士どもではあるまいな？」

「滅相《めっそう》もございやせん。あっしら、そんな大層な者どもではございやせん」

「では近頃、荻野山中の御陣屋を襲撃した者どもか？」

「あっしら、ただの吹けば飛ぶような博奕打ちでごぜえやす。とてもそんな大それた事は」

「うーん」

取り調べ人は考え込んだ。どうも、荻野という地名に引っ掛かっていた。

「あい分かった。ならば、これより荻野山中の御陣屋へ問い合わせるゆえ、その方らは返事が来るまで、この番所の牢に入っていてもらわねばならぬ」

言い終わると、取り調べ人は素早く部屋を出ていった。

早速、関八州取締出役の手の者らは、先ほど取り調べたことを書状に認《したた》めて荻野山中陣屋に送り、先頃陣屋を襲撃した者ではないかと問い合わせた。

その頃、佐吉と市郎は番所の同じ牢屋に入っていた。

「もう駄目だ。確か俺の家には、小田原家中の者が捜索に入っているはずだ。だから、俺が陣屋を襲撃したことがばれちまう」

牢内で佐吉が狼狽《ろうばい》した。

「佐吉つぁん、ここは一つ、逃げるしかねえ」

「どうやって？」

「牢番が鍵を開けて、俺たちを連れ出そうとしたところを逃げるのよ。それしかねえ」

市郎の自信有り気な顔を見て、佐吉も次第に元気が出てきた。

「確かに、ただ殺されるのを待つよりは、一か八かに賭けるしかねえな」

「さすが。それでこそ博奕打ちだ」

「お前、俺に博奕をやめろって言ってたんじゃねえのか？」

「それは新しい世の中が来てからの話よ。その前に死んじまったら元も子もないだろうが」

「そりゃそうだ」

しかし、荻野山中陣屋からの回答は、二人の想像とは違っていた。陣屋側は、佐吉は陣屋襲撃事件を行った浮浪の徒ではなく、また事件以前より風聞宜《よろ》しからざる者だったので、すでに人別帳（宗門人別改帳）からも除名してあるとのことであった。つまり陣屋側は、佐吉と当陣屋とは無関係であると伝えてきたのである。人別帳から外されるということは無宿人になることであり、現代に喩《たと》えれば戸籍から抹消されるようなもので、著《いちじる》しい不利益を被ることを意味していた。だが、前述の通り事件直後に陣屋側は、小田原藩とともに佐吉の家を家宅捜索して武器類を押収しているので、佐吉が事件に関わっていたことは間違いなく知っていたはずである。にもかかわらず、陣屋側は責任を逃れるために、関八州取締出役に対して「佐吉は襲撃犯ではない」、「佐吉とは無関係」と回答したのである。この問い合わせに市郎の名前が出てこないのは、市郎は荻野山中藩領の領民ではなく、旗本建部《たけべ》友十郎の領地の領民だったからであろう。

8

ようやく、二人が待ち望んだ牢番がやって来た。

「牢から出た瞬間、牢番を突き飛ばして逃げるんだ。いいな」

「もし牢番から鍵を奪えたら、逆に牢番を牢に閉じ込めてやる」

二人は小声で確認し合った。

「おい、出てこい」

牢番が牢の前に来て言った。市郎が牢から出ようとすると、

「お前じゃない。そっちの年食ってる方だ」

一気に脱出することを考えていた二人は、肩透かしを食らった心境だった。牢番は佐吉だけを牢から出して、牢内に残っている市郎に言った。

「お前は、まだそこにいろ」

牢番は佐吉を連れて牢屋を出た。

佐吉は、荻野山中陣屋が「無関係」と答えたので荻野に帰れなくなったのか、または引き続き、薩摩屋敷からの逃亡者ではないかとの容疑のためか、八王子経由で内藤新宿に送られた。佐吉は八王子から、飯山村の米屋才次郎に宛てて手紙を書き、自分は内藤新宿に送られることになったが、どうか早々に新宿まで来て欲しいと、弁蔵、茂吉、為吉の三人に対して訴えている。佐吉とこの三人との関係は、親分子分の間柄なのか、それとも単なる友人同志なのか分からないが、恐らく佐吉の身元引受人として、内藤新宿まで来て欲しいとの手紙なのではないか。もし、この三人が飯山村の住人であれば、あるいは山川市郎と同じく建部友十郎の領民かもしれないので、彼ら三人の合意次第では佐吉の身元引受も可能だったのかもしれない。米屋才次郎は、ただ手紙を中継しただけだと思われる。

しかし、この後佐吉はどうなったのか、よく分からない。地元の荻野には、佐吉は江戸から小田原に送られ、小田原の牢屋に入れられていたところを、慶応四年三月、幕府征討のために進軍してきた官軍が小田原に宿営した際に発見され、佐吉は無罪放免になったということ。その上、荻野山中陣屋襲撃の褒美《ほうび》として、西郷隆盛から刀と金五両を拝領したという話が伝わっている。

また、その後佐吉は、村役人が営んでいた質屋にその刀を質入れしたといわれており、実際に筆者は、その質屋の子孫の方に直《じか》にお話を伺い、佐吉が西郷から貰《もら》ったという刀は、確かにその御宅に今でもあるとのことであった。ただし、佐吉がそう言っていただけかもしれず、本当に西郷から貰ったという証拠はないという。実際、西郷が小田原で、そのような刀と金を与えたことが書かれた文献を筆者は知らない。従って、もしかしたら佐吉が官軍から貰ったものを、弾《はず》みで西郷から貰ったと言ったのかもしれないし、あるいは佐吉が全く別の所から入手した刀なのかもしれない。

一方の山川市郎も甲州万沢村で捕まった後、どこにいて、いつ頃飯山村に帰ったのかよく分からない。ただ明治維新の恩赦《おんしゃ》で、許されて飯山村に帰ったとしか伝わっていない。しかし、その恩赦は、実は慶応四年の一月十五日に出されているのである。引用すると、

今般朝政御一新之御場合今十五日御元服之御大禮被爲行御仁恤之聖慮ヲ以天下無罰之域
ニ被遊度候間是迄有罪不可容者與雖朝敵ヲ除之外一切大赦被仰出候　（『明治天皇紀』一）

明治天皇の元服に併《あわ》せての大赦であり、朝敵を除く一切の罪が許されるとしている。従って、佐吉と市郎が捕縛された一月二十日頃には、すでに恩赦が出ていたのであり、彼ら二人は朝敵ではないので、実は二人は無実の罪で捕縛されたことになる。

ところで佐吉と市郎は、なぜ捕まった時、甲州の万沢村のような場所にいたのであろうか。そのまま北上して、東下しつつあった相楽総三の赤報隊に入隊するつもりだったのであろうか。筆者は、その可能性は低いと考えている。なぜなら佐吉も市郎もともに、相州組一行が八王子を経由して内藤新宿に凱旋《がいせん》した時、その後に薩摩屋敷に入ることを拒絶したからである。もしかしたら本人たちは入りたかったのに、入れてもらえなかったのか

もしれないが、その可能性も低いであろう。佐吉は谷龍夫として薩邸浪士に数えられているのであり、また市郎にしても道三が薩邸に入っているのだから、二人とも希望すれば、薩邸に入れたと思う。

従って、相楽たちに対する親近感は、結城四郎や石井道三と違って、佐吉や市郎は薄かったと筆者は考えている。その理由は、前述しているが、国学に対する温度差である。この点は、本書の重要なテーマなので、また後で触れる。

では、佐吉と市郎はなぜ万沢村にいたのか。その理由を筆者は、東海道を東下して来る官軍（東海道先鋒軍）に合流することだったのではないかと考えている。とりわけ西郷に直訴し、荻野山中陣屋襲撃以来の功績を評価してもらった上で、改めて官軍に加えてもらおうとしたのではないか。そう考えると、東海道まで目と鼻の距離である万沢村という場所の持つ意味が、より重要さを増してくると思うのである。加えて、前述の「佐吉が西郷から刀と五両を貰った」という逸話も、事実であれば筆者の「東海道先鋒軍合流説」を裏付けることになるだろうし、仮に事実ではなかったとしても、佐吉の「実はこうなりたかった」という願望の表れだったとも思われ、いずれにしても筆者の説を補強する材料になると思うのである。

第八章　新たな戦い

1

東征大総督府下参謀の西郷吉之助に実質率いられた東海道先鋒軍は、江戸を目指して東海道を進み、三月十三、十四日の勝海舟との会談によって江戸城総攻撃は回避され、四月十一日に江戸城は官軍側に明け渡された。ここに、名実ともに徳川幕府は滅んだのだが、これですんなりと明治時代に移行した訳ではなかった。まだ東日本、北日本の各地において、戊辰戦争の戦火が燻《くす》ぶっていたのである。

それは、相州荻野も例外ではなかった。荻野山中藩では、前述したように脱藩した旧家臣の松下祐信が、早いうちから旧主君に対して勤王を説いていた。しかし、家中はなかなかまとまらなかった。それは、荻野山中大久保家の本家である小田原大久保家が、勤王か佐幕かで家中が分裂し、まとまっていなかったからであった。

江戸城が無血開城した四月の時点では、小田原藩は官軍側であった。しかし房総より船で真鶴《まなづる》にやってきた、上総請《じょうざい》西藩の当主林昌之助（忠崇《ただたか》）と、人見勝太郎、伊庭八郎らに率いられた遊撃隊によって説得され、小田原藩は遊撃隊と和解し、佐幕側に付いたのである。

これには、ちょうど五月十五日に起こった、上野の彰義隊の決起が関係していた。つまり、小田原藩は彰義隊の戦いを機に、幕府勢力が奮起して新政府軍を討ち破ることも有り得ると、誤認してしまったようなのである。

この小田原藩の寝返りを知った新政府は激怒し、直ちに鳥取池田家家臣、河田佐久馬に小田原藩の問責を命じた。実質的には小田原藩の征討である。そこで、前述の松下祐信の尽力もあり、また小田原藩の江戸屋敷から重臣が小田原に帰藩して説得し、小田原藩は再度官軍側に復帰し、新政府軍とともに箱根で遊撃隊と戦ったのである。これを戊辰箱根戦争という。この戦は数日で官軍側が勝利し、遊撃隊の残党は会津や仙台、そして蝦夷の箱館に向かって逃走した。その後、小田原藩では今回の造反の主謀者である家老が切腹し、六月以降、相州に平穏《へいおん》が訪れたのである。

2

明治二年秋、相州荻野新宿。昨年の九月八日より、改元されて明治となっていた。戊辰戦争は、この明治二年の五月十八日に箱館の五稜郭が開城し、榎本武揚以下の旧幕府軍が降伏し、終了していた。

荻野新宿の釜屋には、懐かしい面々が集まっていた。

「しかし、世が明治になっても何も変わりゃしねえ。いくら領地と領民を帝に返したって、結局それまでの殿様が知藩事になったんじゃ、ただ看板を付け替えただけの店じゃねえか」

佐吉が酒に酔って管《くだ》を巻いた。明治二年六月に、版籍奉還が行われていた。

「おまけに、お殿様は華族《かぞく》っちゅう御身分になられたそうじゃ」

三田村の徳太郎が言った。

「重い年貢も、ちっとも変わらん。相楽さんたちが唱えた年貢半減なんて、夢のまた夢よ」

言い終わると、佐吉は懐かしそうな顔をした。相楽総三が年貢半減を唱えて赤報隊を率い、偽官軍として下諏訪で処刑されたのは、つい昨年の三月三日だった。しかし、随分《ずいぶん》昔のことのように思えた。

「でも佐吉つぁんが本当に不満なのは、相変わらず博奕が禁止されてることだろ」

市郎が冷やかした。旧荻野山中藩の政庁は新しく「山中民政局」となっており、明治二年三月には、その民政局が「郷中御条目」という名目で、はっきりと博奕を禁止したのである。

「そうよ。新しい世の中になったら、もっと大手を振って博奕ができると思ってたのにな」

佐吉がさも残念そうに言った。

「何でも新政府の岩倉さん（具視）なんて、数年前まで京都のどこぞの村で蟄居《ちっきょ》していた時、自宅を賭場にして寺銭《てらせん》を稼いでいたと聞いたがな」

法界寺の住職、北条存嶺が茶を啜《すす》りながら言った。寺銭とは、出来高から一定の割合で支払う、場所の借り賃のことである。

「和尚、そんなこと誰から聞いたんだ？」

市郎が目を丸くして訊いた。

「以前、結城先生と道三が話とったんじゃ。あの二人には国学の仲間がおるから、京都の情勢が伝わってくるらしいんじゃや。何でも京都の岩倉さんの家にも、よく国学者たちが出入りしとったらしい」

「へえ、そうかい」

「ところで、その結城先生や道三は、今どこで何をしとるんじゃや？」

存嶺が訊くと、佐吉が答えた。

「どうやら、京都にいるらしい。二人が何をしているのか、詳しくは知らねえがな」

佐吉の言葉に何か思い出したように、徳太郎が話した。

「そういえば、儂は先日商《あきな》いで高座郡の福田村に行ったんじゃが、そこで聞いた話によれば、昨年結城さんが福田村に来とったらしいんじゃや。何でも、また弟子を入門させて、剣術を教えとったっちゅう話じゃ」

前掲の「結城四郎門人書」によれば、結城は慶応四年九月（九月八日より明治元年）に、相州鎌倉郡和泉村の安西銀治郎を入門させている。従って結城がその時、その地域にいたことが窺えるのである。そして、この「門人書」が大和市福田の山下家で発見されたことから、結城がこの門人書を自ら、門人である山下伝四郎の家に持参したのではないかと、筆者は推測するのである。「門人書」が発見された山下家は、山下伝四郎の子孫の家だからである。もしかしたら、この慶応四年九月頃、結城は山下家でも相変わらず剣術の稽古をしており、そのついでに門人書を持参したのかもしれないし、実は安西銀治郎は山下家に通って結城から剣術を習っていたのかもしれない。

「何だって結城先生はいまだに剣術を教えてなさるんだ。先生は何をなさる御積《つも》りなんだ」

佐吉がまた酒を煽《あお》った。このところ佐吉は酒の量が多くなっていた。

「何か、良からぬことを考えてるんじゃねえか。ちょうど陣屋襲撃前の俺たちのようにさ」

市郎がニヤッと笑った。

「今年の初めに横井小楠が殺された。そして、つい先日、大村益次郎が襲撃されて重傷を負ったらしい。二人とも新政府の高官で、ともに京都で襲われとる。こんなことに、結城先生や道三が関わってなければ良いがのう」

存嶺が溜息をついた。

横井小楠は新政府の参与であったが、明治二年一月五日に政府から退庁後の帰途、日本を開国してキリスト教化しようとしていると、過激な攘夷派に誤解されて殺された。一方の大村益次郎は新政府の兵部大輔であったが、明治二年九月四日夕刻、大村が進める徴兵制などの兵制改革に反対する過激な攘夷派によって、旅館で知人と会食していたところを襲われ、重傷を負った。そして十一月五日、その傷が原因で、大村は帰らぬ人となったのである。横井も大村も、ともに西洋かぶれと思われたことが、過激攘夷派の怒りを買ったのであった。

沈黙の時が流れた。皆それぞれ、物思いに耽《ふけ》っていた。その時、勢いよく襖《ふすま》が開いた。

「お待たせしました」

えんが料理を運んできた。えんは料理を置くと、恥ずかしそうにそそくさと退出した。

えんが去った後、尚も恥ずかしそうにする市郎の顔を見ながら、佐吉が言った。

「前にも言ったけどよ、ここらが潮時だぜ。市郎、えんと夫婦《めおと》になれ」

「いや、こんな俺じゃ、あいつの親が許しっこねえ」

市郎は下を向いた。

「それなら、儂に任せておけ。儂がえんの父親を説得してやろう」

存嶺が胸を張った。

佐吉が心配そうに存嶺を見た。

「大丈夫か、和尚？」

「佐吉、儂を見くびるなよ。儂はこれでも法界寺の住職じゃ。そして荻野新宿はその法界寺の門前市じゃ。ははは」

存嶺の説得に、えんの父親の左七も遂《つい》に折れた。そうして後日、宴《うたげ》が催《もよお》され、市郎とえんは晴れて夫婦になった。

3

明治四年九月、荻野新宿、佐吉宅。いよいよ佐吉が臨終の時を迎えていた。

「佐吉つぁん、早く元気になれよ。まだくたばるような年じゃねえだろ」

佐吉は慶応三年の陣屋襲撃時に三十三歳だったので、この時は三十七歳であった。

「ああ、俺もまだ死にたかねえ。ちっとも世の中変わらねえし、一向《いっこう》に均しの世も来ねえ。まだまだ世直しが必要なのにな」

「そうだ、佐吉。お前には、まだやり残したことがあるじゃろう」

存嶺が佐吉を励ました。存嶺は涙ぐんでいた。

「また、世の中ひっくり返してやろうじゃないか」

徳太郎も励ました。傍《かたわ》らには、徳太郎の養女で佐吉の妹のやまもいて、心配そうに佐吉の表情を窺っていた。佐吉の弟の孫太郎もいた。孫太郎はいつ頃か定かでないが、荻野役場に勤めていたという。皆が布団に横たわる佐吉を見守る中、一人の大男が部屋に入ってきた。

「道三！」

「道三じゃないか。帰ってたのか」

皆、一様に驚いた。

「はい、先日京都より帰ってきました」

道三は目の前で横になっている佐吉の顔を覗《のぞ》き込んだ。

「おお、道三か。よく帰ってきたな」

「はい、ご無沙汰しておりました」

「これで、もう何も思い残すことたあねえ。市郎、道三、これからの世直しを頼んだぜ」

「佐吉つぁん」

鈴木佐吉は静かに息を引き取った。九月三十日のことだった。佐吉の墓は法界寺にあり、戒名は「無想院量譽壽覺居士」である。盟友であった住職の存嶺が、佐吉のために建てたものだという。

しかし地元の荻野には、佐吉は相変わらず博奕をやめられずに役人に追われ、逃げ切れずに自殺した、という話も伝わっている。この話の真偽《しんぎ》のほどは分からないが、若死にだったこともあり、不幸な死に様だったことは容易に想像できる。もし本当に博奕をやっていたのなら、もちろん罰せられても仕方がないだろう。ただ博奕云々《うんぬん》はさておき、どうも筆者には、佐吉は世の中への不平不満を持っていたような気がしてならないのである。

自殺ではなく病死だったとしても、ほとんど憤死のようなものだったのではないか。

　つまり、荻野山中陣屋の襲撃という討幕運動に参加して功績を挙げ、維新を成し遂げる原動力になったにもかかわらず、維新後の恩賞といった点で彼は不遇《ふぐう》だったのではないか。その恩賞とは普通に考えれば「報奨金」や「官吏への就職」だが、それらが無くて「名誉」だけ、すなわち「お褒《ほ》めの言葉」だけでも恩賞に値するであろう。このような恩賞が、ほとんど彼には与えられなかったのではないか。だから尚更、前述の「西郷から刀と金五両をもらった」という逸話が、もの悲しく響いてくるのである。西郷からの刀と五両の真偽はともかく、そのくらいの恩賞に見合う働きをした男が、自殺か憤死をしなければならなかったというところに、明治維新の負の部分というか闇の部分があるように思えてならないのである。

　しかし、こういったことは、何も彼にだけ起こった訳ではない。この辺り、結局新政府は維新に貢献した草莽《そうもう》に感謝しなかったばかりでなく、その草莽を切り捨てていったということになるのであろう。また、佐吉の不満には自身への恩賞だけでなく、維新後に想定していた理想の社会と、ほとんど旧幕時代と変わらない現実の社会との差に、幻滅《げんめつ》したという側面もあったであろう。

　このような佐吉の不幸な死に様に、つい筆者は佐吉と同じ博徒であった黒駒勝蔵の哀れな死に様を重ね合わせてしまう。勝蔵も、維新において赤報隊や徴兵七番隊に入って活躍したにもかかわらず、隊を脱走した廉《かど》で捕まり、旧幕時代に博徒らを殺害した罪で処刑されたのである。傍目《はため》には、維新の大功の前には隊の脱走など取るに足らない罪のように思われ、また旧幕時代の殺人も、官軍への入隊で免罪になったとされているのに、である。

このように、明治維新が多くの草莽たちの協力の元に成し遂げられたものであったにもかかわらず、相楽総三の偽官軍事件や小沢一仙の偽勅使事件など、多くの草莽たちがその恩恵に与《あずか》ることなく、哀れに切り捨てられていった。そこに、筆者は現代にまで続く日本という国の病根（草莽の蔑視ないし軽視。その傾向は明治以降も「官尊民卑」として存在し、現代ではかなり変化してきているとは思うが、それでも、いまだに官より民を低く見る傾向は残っていると筆者は思う）を見る思いがするのである。やはり我々はどこかの時点で、徹頭徹尾《てっとうてつび》草莽（民）が主役の変革を、一度は行う必要があるのではないだろうか。

佐吉の葬儀の日、市郎は道三と話をした。先日佐吉の家で再会して以来、ゆっくり話す暇《ひま》が無かったのだ。

「市郎さん。えんさんと結婚して、お子さんも生まれたそうですね。ここじゃ言いづらいですけど、おめでとうございます」

道三は葬儀に遠慮し、小声で言った。

「ああ、ありがとよ」

二人は佐吉の家の縁側に腰を下ろした。

「ところで道三。お前、あれからどうしてたんだ？」

あれからとは、慶応三年の薩摩藩邸焼討ち事件の後のことであった。

「結城先生とともに三田の薩摩屋敷を脱出し、京都へ上りました。京都では二条城で御親兵をしていました」

「へえー、そうかい。あ、結城さんは元気かい。今何してるんだ？」

「結城先生は赤報隊に入隊して相楽総裁とともに戦っていたんですが、例の偽官軍事件で追放処分になりました。しかし、それから先生はまた京都に戻ってきて、相楽総裁をはじめ、赤報隊の旧同志の慰霊碑建立《こんりゅう》や遺稿集上木《じょうぼく》を検討していました。明治二年の初め頃、京都には落合さんや権田さんなど、平田門人、薩邸浪士、赤報隊の旧同志がたくさん集まっていました。ですが、その後先生がどうされたのかは分かりません」

「ふーん。ところで道三。お前、これからどうするんだ？」

「家業の医者を継ぐつもりです。父も年を取り、だいぶ体がいうことをきかなくなってきたようですから」

「そうか」

「市郎さんは？」

「分からん。まだ決めてねえ」

「私で何か力になれることがあったら、いつでも言って下さい」

「ああ。それじゃあ」

市郎は、飯山村の自宅へと帰っていった。

山川市郎の死後、市郎の死を悼《いた》んで編纂《へんさん》された『白水山川市郎翁追慕集』によれば、市郎とともに大阪事件によって逮捕された山本憲が書いた序文の中に、「明治七年君年三十二管飯山學校就學者大進稱為郡中冠冕見推為村會議員在職數年」とある。つまり明治七年以降、市郎が学校関係や村会議員の職に就いたことが窺われるので調べたところ、市郎は明治初年に飯山小学校の学校事務官（後《のち》の学務委員）をしていたことが分かった。（『小鮎小の教育』）学校関係の方が事実だったので、恐らく村会議員もしていたのではないかと思われるが、それを証明する他の文献に筆者はまだ出会っていないため、ここではその可能性を提示するだけにとどめておく。なお、「白水」とは市郎の俳号である。

4

九年後、明治十三年春。明治十年の西南戦争以後、民衆と政府との戦い方は武力から言論へと変わっていた。そして民衆は、言論によって薩長藩閥政府を倒すには国会の開設が必要であるとし、全国的に国会開設運動が高まりを見せていたのである。

その高まりは、ここ神奈川県愛甲郡も例外ではなく、むしろ全国に比べてより活発な地域であった。その運動を荻野で牽引《けんいん》する一人が、かつて荻野山中陣屋襲撃の被害にあった、旧荻野山中藩士の天野惣次郎であった。この頃天野は名を惣次郎から政立《まさたつ》と改めていた。陣屋襲撃時は十四歳だった天野も、今は二十八歳になり、荻野村戸長を経て、この年より愛甲郡役所の書記になっていた。

明治十三年の三月より、神奈川県では国会開設請願署名運動が始まっていた。この年より、このような自由民権運動に参加しだした政立にとっては、全ての活動が新鮮だったので、郡役所の書記ではあっても、政立は自《みずか》ら積極的に署名獲得活動を行っていた。

ある日、ちょうど所用があって荻野新宿を訪れた政立は、法界寺に寄ってみた。

「御免下さい」

「はて、どなたかな？」

住職の存嶺が出てきた。

「和尚様、ご無沙汰しております。天野です」

「おお、これはこれは。郡役所の書記殿が何の御用ですかな？」

「実は、すでにお聞きのことと思いますが、国会開設を請願する署名を、是非お願いしたいのです」

「そんなことはお安い御用じゃが、何も書記殿がわざわざ署名集めなどしなくても、よさそうなもんじゃがのう。さあ、どうぞ中へ」

「いえ、ここで結構です。でも一兵卒として前線で働くと、また違った達成感があります」

「ほほほ。相変わらず謙虚というか、真面目《まじめ》じゃのう」

玄関口で、笑いながら存嶺は署名をした。続けて天野は遠慮勝ちに、

「もし、お寺の中に他にも誰かおられましたら、ついでに署名して頂きたいのですが」

「そうじゃのう。今ここにおるのは市郎だけじゃな。おーい、市郎」

市郎が眠そうな顔で玄関口にやって来た。朝方まで百姓たちの窮状を聞いていたのだ。

「どうしたんだ、和尚？」

「国会開設のための署名じゃ」

「署名ねえ。署名なんかより、役所を焼討ちでもした方が、効果があると思うけどねえ。昔の荻野山中陣屋みたいにさ」

「何！」

市郎の軽口《かるくち》に、政立が素早く反応した。

「えっ」

政立の反応に、逆に市郎の方が驚き、政立の顔を見た。

「あっ」

二人同時に気付き、思わず声を上げた。

「あの時の盗人」

「あの時の小僧」

政立はそくざに腰に手を回して、刀を抜こうとした。しかし、もう腰に刀は無かった。

(畜生!)

四年前の明治九年に廃刀令が施行され、大礼服を着用した者や、軍人、警官以外は、帯刀してはいけないことになったのである。

「ははは。刀がなくちゃ、どうにもならんな」

(おのれ!)

市郎の嘲笑に、政立はきっと身構えた。二人のただならぬ様子に驚いた存嶺は、慌てて止めに入った。

「おいおい、二人ともどうしたんじゃ?」

二人から事情を聞いた存嶺は、笑いながら仲裁に入った。

「ほほほ。何と、二人はあの陣屋襲撃の夜に会っておったのか」

市郎と政立は、決まり悪そうに頷《うなず》いた。

「天野さん、この男は山川市郎といってのう、飯山村の百姓じゃが、世を憂《うれ》い苦しむ民を救おうと、年がら年中人々の間を飛び回り、喧嘩《けんか》の仲裁や借金の棒引きの手伝いに明け暮れておる。確かに慶応の末年には少々悪事も働いたが、それはすでに恩赦が出ておる」

そう言って存嶺は政立の顔を覗き込んだ。しかし、政立の表情はまだ強張《こわば》っていた。

「だから、どうかこ奴《やつ》を、許してやってはくれまいかのう。ほれ、この通りじゃ」

存嶺は頭を下げた。

「和尚様、どうか頭をお上げ下さい。恩赦が出て、もうこの者たちに罪が無いことは重々承知しております。すでに頭の中ではもう許しております。しかし、どうにも気持ちの整理がつかないのです。私は、この者らに斬られた荻野山中陣屋の三浦代官の治療を、父とともに行いました。代官は部屋中を血で赤く染め、苦しんで死んでいかれました。そのお姿が、いまだに私の頭から離れないのです。代官の御無念を思うと、今も胸が痛むのです」

あの日の凄惨《せいさん》な光景が脳裏に蘇《よみがえ》り、政立は苦悩に満ちた表情を浮かべた。浪士たちに遭遇しないよう、遠回りして来る援兵のような腰抜けどもの中で、唯一三浦代官だけが士道を全《まっと》うし、城を枕に討ち死にしたのである。そのような武士の鑑《かがみ》である三浦代官を死に追いやった者らを許しては、代官が浮かばれないのではないかとも思えた。

(下手《へた》に抵抗するから殺されるんだ。自業自得だろう)

市郎は心の中で呟《つぶや》いたが、口には出さなかった。口に出せる雰囲気ではなかった。

(こいつ、純粋で真《ま》っ直《す》ぐな男なんだろうな)

同時に市郎は、この天野という男を改めて見直した。

(こういう男は信用できる)

「分かります。分かりますぞ、天野さん。なに、無理することはないんじゃ。こういうことは、時が解決してくれるじゃろうて。決して焦《あせ》ることはないんじゃ」

存嶺が政立を慰《なぐさ》めた。

「ありがとうございます、和尚様。では、あ奴に一言だけ言わせて下さい」

「よかろう」

「おい、盗人」

「……」

市郎が不服そうに天野を見た。この明治の世になって、なぜいまだに旧幕時代の汚名を浴びなければならないのか。

「もしお前が、本当に世を憂い、苦しむ民を救いたいと思っているのなら、今日から俺たちの署名集めを手伝え。いいな」

政立の断定的な言い方に、市郎は黙って頷いた。明治十三年六月、僅か三カ月ほどで、相州九郡五五九町村から二三、五五五名分の署名が集まった。これは、当時の相州の総戸数の三分の一が署名したことになる数字だという。

5

明治十四年四月、厚木。昨年、天野政立に言われて自由民権運動を始めて以来、市郎はすっかり運動員になっていた。その日、市郎は運動員の仕事で厚木町から荻野に向かうため、甲州道を歩いていた。奇《く》しくもその道は、十五年ほど前、荻野山中陣屋を襲撃するために薩邸浪士たちと歩いた道であった。その途中妻田《つまだ》村に差し掛かると、ちょうど襲撃当時軍資金を徴収《ちょうしゅう》した永野家が見えてきた。しかし、何だか様子が変だった。急に道が混雑し始め、警察官が物々しく警備をしているのが目に入った。

何か事件でも起こったのかと、市郎は通行人の一人に訊いてみた。

「あの、何かあったんですか?」

「何って、天子様がお越しになってるんだよ」

(あ、今日からだったか)

近々帝が厚木に来るとは聞いていたが、市郎は特に日時は覚えていなかった。だから、今ここにいる群衆は、皆帝を一目拝《おが》もうと集まった人々なのであった。そういえば群衆の中には、熱心に手を合わせて拝んでいる人たちもいた。

明治十四年の四月二十八日から三十日にかけて、明治天皇は厚木へ行幸した。公式には近衛兵の春季演習の統監《とうかん》が目的だとされていたが、真の目的は自由民権運動への牽制《けんせい》とその分断にあったといわれている。ゆえに、自由民権運動が高まりつつあった厚木が行幸先に選ばれたのであろう。厚木行幸中は、妻田村の永野家が行在所《あんざいしょ》となっていた。

市郎は立ち止まり、改めて辺りを見回してみた。すると、一人の大男が感慨深そうに見入っている姿が目に入った。

「道三！」

声に気付き、道三は市郎の方を見た。

「相変わらず熱心な尊皇主義者だな」

「冷やかさないで下さい。ただ、見物に来ただけですよ」

「ははは、悪い悪い。だけど、かつて我々が押し入った永野家に、まさか帝が泊まる日が来るとはねえ」

「こんな何もないところに帝がお越しになるとは、ありがたいことです」

道三はにこりともせず、真面目に答えた。

(やれやれ。しょうがねえな)

相も変わらぬ道三の頑《かたく》なな勤王ぶりに市郎は苦笑しつつ、道三に言った。

「なあ道三、実は今、俺は自由民権運動をやっている。昔を思い出して、良かったらお前もやってみないか？」

「あいにく、私は医者の仕事が忙しいので」

(だったら、こんなところで見物してないで、さっさと職場に戻れよ)

と市郎は思ったが、口には出さずに堪《こら》えた。

「まあ、そう言わずに、気が向いたらいつでも声を掛けてくれ。お前が参加してくれたら鬼に金棒だ」

「考えておきます」

市郎は道三に別れを告げて、荻野へ向かって急いだ。

この明治十四年の十月十二日、政府は自由民権運動の高まりを考慮し、明治二十三年を期して国会を開設することを、「国会開設の詔《みことのり》」として表明した。これを受けて、板垣退助を総理、中島信行を副総理とする自由党が結成された。

6

翌明治十五年一月。市郎は民権結社である相愛社に参加していた。民権結社とは、自由民権運動を推進する民権勢力が自勢力の団結と発展を目指して設立したもので、社員たちが互いに学習し合うことによって自らの啓蒙に努めた組織である。相州で最初に旗揚げした民権結社は、明治十四年八月に結成された大磯の湘南社だとされているが、その後多くの結社が結成されていった。この頃の愛甲郡にも、興眠社（上荻野村）、有理社（長谷村）、晩成社（入山村）、共研社（煤ケ谷《すすがや》村）、革風社（中津村）、乃有社（七沢村）、共話会（厚木町）といった結社が存在していた。この中の共話会だけは民権結社というよりは親睦団体か社交クラブのようなものだったらしいが、この共話会が発展的に解消して相愛社が誕生したという。

　このように、当時の愛甲郡は自由民権運動の盛んな地域であった。その盛況ぶりは、後に立憲改進党に入党して衆議院議員となった肥塚《こいづか》龍が、この頃演説会に招かれて愛甲郡小野村の聞修寺《もんしゅうじ》を訪れた際に、山間の小村落にもかかわらず三百人もの聴衆が集まったことに感激して、「神奈川縣ノ自由ハ大山近傍ノ森林中ヨリ生ズ」と賛美したことからも窺える。

　この相愛社で幹事を務めていた小宮保次郎の日誌によれば、相愛社の会長は黒田黙耳《もくじ》、副会長は霜島《しもじま》久円、幹事は小宮の他、天野政立、難波惣平《なんばそうへい》、神崎正蔵、井上篤太郎であった。この井上篤太郎は、鈴木佐吉の妹を養女とし、荻野山中陣屋の襲撃にも一役買っていた徳太郎の子で、玉川、王子、京王電鉄などの会社役員を歴任し、「私鉄界の先駆者」として知られることは前述の通りである。しかし、実は篤太郎は実業界入りする前、民権家として活躍していたのである。父親の徳太郎は、すでに明治七年に五十五歳で他界していた。

　相愛社は、二月一日に厚木で盛大な創立懇親会の開催を計画していた。その前月である一月のある日、市郎は所用で荻野に行った際、ふと道三を懇親会に誘うことを思い付き、夜間上荻野の道三の自宅を訪れた。

「夜分《やぶん》に突然来てすまん。実は今度、俺が参加している相愛社が懇親会を開くんだが、良かったらお前も来ないか？」

　道三は明らかに迷惑そうな顔をして言った。

「実は、これまで一緒に患者を診ていた親父が隠居して、私一人で病院を運営していくことになったんです。だから」

「だから？」

「とても政治の話をしている暇がないんです」

　道三のつれない返事に、市郎は内心苛立《いらだ》っていた。

（じゃあ、俺たちが暇《ひま》つぶしにやっているというのか。何なんだ、この前から。これが旧幕時代にともに陣屋を襲撃し、命懸けで戦火を潜《くぐ》り抜けてきた戦友に対する態度か）

　と市郎は思ったが、どうにか堪《こら》えて言った。

「俺は、お前もいつかは立ち上がってくれると信じている。これは、その懇親会の案内状だ。道三、待ってるぞ」

　市郎は案内状を道三に渡し、足早に去っていった。

　二月一日に懇親会は厚木の厚木劇場で開かれた。参会者はおよそ千三百名で、東京から嚶鳴《おうめい》社の島田三郎らも出席し、大盛況だった。しかしその中に石井道三の姿は無かった。

　後日、どうにも我慢できなくなった市郎は、再び上荻野の道三の自宅を夜間に訪ねた。道三の家族に聞かれたくなかったので庭に出た。二月の夜は寒かったので火をたいた。

「道三、この前はどうしたんだ？」

「あいにく、病院の方が忙しくて」

相変わらずの道三の気のない返事に、ついに市郎が切れた。

「腑抜《ふぬ》けたか、道三！」

そう市郎は怒鳴《どな》り、道三を殴りつけた。当の市郎が不思議に思うほど、巨漢の道三が力なく倒れた。

（あれ？）

当然市郎は、道三が殴り返してくると思っていた。二人が少年だった頃は、そういうこともあった。道三が市郎を殴り返すことで、道三が奮起《ふんき》してくれればいいと市郎は思っていた。

「どうした道三、子供の頃のように、かかってこい」

「……」

しかし、道三は地べたに這《は》いつくばり、ただ、うな垂《だ》れているだけだった。

「どうしたんだ道三。お前には、貧困に苦しむ民の姿が見えねえのか。あの陣屋を襲撃した頃を思い出せ。あの頃のお前は、理想の国を作ろうと張り切っていたじゃねえか」

まだ道三はうな垂れていた。

「なあ道三、立ち上がってくれ。また一緒にやろう。俺たちが協力すりゃ、どんなことだってできる。あの幕府を倒したように。幕府を倒したことに比べりゃ、今の政府に要求を通すことなんて、訳《わけ》も無ぇことだろ」

ついに道三が重い口を開いた。

「そんなことできる訳ないでしょう」

「え？」

市郎が怪訝《けげん》な顔をした。

「民が百人や千人集まったところで、何ができるんですか？」

「道三……」

市郎は呆気《あっけ》に取られて道三を見ていた。彼が何を言わんとしているのか分からなかった。

「民が幾ら集まったって、政府はびくともしやしない」

やっと市郎にも、道三の話の筋が見えてきた。

「そんなことはねえ。民が百人、千人、万人と集まりゃ、大きな声となり力となる」

市郎の言葉に、道三は冷笑した。

「市郎さん、西南の役を覚えてますか。あの西郷さんと数万の薩摩士族ですら、今の政府には歯が立たなかったんですよ。あの西郷さんですら。それなのに、我々ごときが幾ら集まったって、所詮《しょせん》虫けらのようなものでしょう」

市郎は思わずカッとなり、また道三を殴った。

「それは違う、断じて違う。数万で足りなきゃ数十万、数百万だ。最後は民が勝つ。それがデモクラシーだ」

しばらく沈黙が続いた。すると突如、道三が独り言のように呟《つぶや》き始めた。

「我々国学の徒は、天子様には逆らえんのです。どうしてもできない」

慌てて市郎が訂正した。

「天子様に逆らうんじゃない。ただ政府に物申すだけだ」

「同じことです」

「いや違う。お前の好きそうな言葉で言えば、そうだ、君側の奸だ。天子様ではなく、君側の奸に逆らうのよ」

するとと、道三が呻《うめ》きながら言い始めた。

「尊皇攘夷、勤王……天子様が全てでした。そう信じて旧幕時代からやってきた。その天子様には絶対に逆らえんのです」

道三の言葉を聞いて、昨年妻田村に来ていた明治天皇を、感慨深そうに見つめていた道三の姿を市郎は思い出した。

(こいつにも、もう少し時間が必要だな)

「道三、殴って悪かったな。もう当分来ないから」

市郎は肩を落として帰っていった。

第九章　自由を求めて

1

明治十五年三月十九日、荻野新宿、法界寺。この日、相愛社は社員のための学習討論会を催《もよお》した。相愛社の幹部から一般社員に至るまで、多くの社員が参加した。

「精が出るのう、市郎」

住職の存嶺が微笑みながら声を掛けた。

「あー疲れた。いやー、法律や政治の話は俺には難しくて、よく分からん」

「まだ若いくせに、何を言うておる。この儂《わし》だって、一緒に学んでおるんじゃぞ」

二人の会話を聞いていた天野政立がからかった。

「そりゃ学問より盗人の方が楽だろうよ」

「しつこい野郎だな。確か昔の罪は、ある程度年数が経《た》てば消滅するんだろ」

市郎がむきになって言うと、またも政立が冷やかした。

「それを法律用語で何と言うんだっけ。確か今回の『法律原論』の教科書にも載《の》ってたぜ」

「えーと、何だっけ」

「時効だよ」

「ああ、そうそう。今答えようとしていたのになあ」

「嘘つけ」

「本当だ」

「ははは」

言葉とは裏腹に、二人はすっかり打ち解け、揺《ゆ》るぎない同志となっていた。市郎の方が政立より十一歳年上だったが、そんな年の差を感じさせないほどの親近感があった。

「ほんの十五年前までは敵だった者同士が、よくもまあ。世の中、変われば変わるもんじゃのう。ほほほほ」

存嶺が笑って言うと、市郎が存嶺の顔を見て、訴えるように言った。

「かつては同志だった者が、今はそうではなくなることもある」

「ふむ。……道三のことか？」

「ああ。以前から度々声を掛けてるんだが、あいつ全く聞く耳を持たねえんだ」

「相変わらず頑固じゃのう」

「ああ。和尚からも何か言ってやってくれねえか」

「それは難しいじゃろう。一言でいえば、あ奴は帝のために幕府を倒そうとした。一方お主や佐吉は民のために幕府を倒そうとした。……もちろん、道三が民のことを考えなかった訳ではない。だが、あ奴の究極の目的は、あくまで帝の御心《みこころ》を安んじ奉《たてまつ》ることじゃった。その違いじゃ。元より動機が違ったんじゃ。冷たいことを言うようじゃが、同床異夢、元より真の同志ではなかったということじゃ」

「そんな……」

思いがけない存嶺の言葉に、市郎は絶句した。

「かつて尊皇攘夷を声高に叫んでいた者は、中々自由民権運動には馴染《なじ》めんのだ。我が剣術の師である結城先生も、大方その口じゃろう」

「……」

まだ市郎は何か考えていた。

「まあ、焦ることはない。じっくり時間を掛けて説得することじゃ。儂も、機会があったら道三に言うておこう」

ようやく荻野にも、春が訪れようとしていた。

2

明治十五年七月九日、荻野新宿の松坂屋で相愛社の集会が開かれ、市郎は相愛社を脱退し、自由党に入党することが決まった。この時に市郎と行動をともにしたのは、沼田初五郎、難波惣平、佐伯十三郎、斎藤貞輔、村上安太郎、小宮保次郎、霜島久円、川井房太郎で、市郎を含めて九名であった。この中に、これまで相愛社の顔として活躍していた黒田黙耳と天野政立が入っていないのは、両名とも郡役所の書記という公務にあったからだといわれている。そうして彼ら九名は、七月三十日付で自由党に入党した。一方の相愛社は、幹部社員を失って次第に活動も行き詰まり、十六年三月には廃会処分が行われた。

明治十六年一月、荻野新宿。法界寺において、講学会という学習会が十八日から二十八日まで開催された。かつて相愛社が行った、学習討論会を充実・発展させたものである。講師は細川瀏《きよし》という土佐出身の士族で、慶応義塾に学んで東京日日新聞（後の毎日新聞）の記者等をしていた人物であった。参加者は約六十名で、時間割は以下の通りであった。

午前七時―八時　通俗民権論（福沢諭吉）
八時―九時半　利学（J・S・ミル）
九時半―十時半　経済（ホーセット）
午後七時―八時　通俗国権論（福沢諭吉）
八時―九時　立法論綱（ベンサム）

午前が三時間半、午後が二時間で、一日合計五時間半のハードスケジュールであった。日中に時間が空けてあるのは、恐らく農作業等の労働を考慮してのものだと思われる。この講学会が第一回で、この後翌十七年の第六回まで、計六回の講学会が行われた。

この講学会の開催期間中に、一人の男が法界寺住職の北条存嶺を訪ねて来た。

「和尚様、釜屋の井上栄太郎です。ご無沙汰しております」

「おお、お前さんは確か、みきの亭主だな」

「はい。今回の講学会に参加しております」

栄太郎は明治十一年に、釜屋を営む井上左七の次女で、えんの妹のみきと結婚していた。

「しかし、お前さんは釜屋の入り婿《むこ》じゃろう。ということは、将来は旅館の主人になるんじゃないのか？」

「実は、そのことでご相談があって参りました」

内心存嶺は嫌な予感がしたが、表情には出さずに微笑《ほほえ》みながら訊いた。

「はて、何かな？」

「私は、自由民権運動に興味があり、自由党に入党したいと思っているのですが」

(やっぱり)

「義父の左七さんは、承知しておるのか？」

「いえ、まだです」

「では、早く打ち明けた方がよかろう」

「それが、やはり義父の気持ちを考えると、中々言い出せないのです」

「それで？」

「ですので、どうか和尚様に、義父を説得して頂きたいのです」

(まずいことになった)

眩暈《めまい》がするのを、存嶺は必死に堪《こら》えた。

「和尚様、どうなさったのですか？」

「いや、何でもない。何でもないんじゃ。しかし、困ったのう。実は儂は以前、市郎とえいの結婚に際し、左七さんを説得したことがあったんじゃ。あの時は、まだ他に娘がおるじゃろうと言うて、半ば強引に承諾させたんじゃが」

「存じております」

周囲を、重苦しい沈黙が支配した。

「このことは、市郎には相談したのか？」

「はい」

「で、市郎は何と言っておったんじゃ？」

「和尚様に御相談しろと」

(あの野郎、いつも儂に難題を持ち込んで来よる)

存嶺は人知れず歯軋《はぎし》りした。

「もう一度、義父の説得をお願いできませんでしょうか？」

「しかし、お前さんは市郎とは違う。お前さんは、旅館を継ぐことを条件に入《い》り婿《むこ》したんじゃろう。すでに姓も井上じゃ。それを無かったことにせよとは、幾ら儂でも言えんわい」

「はあ。そうですか」

栄太郎はしょんぼりした。

「まあ、とにかく一度、折《おり》を見て左七さんに話してみたらどうじゃ。その結果、もしあんまり難儀《なんぎ》するようなら、また相談に来なされ」

(疲れるわい。儂も住職なんぞ辞めて、自由になりたいのう)

どのように義父の左七を説得したのか不明だが、栄太郎は明治十六年の四月八日に自由党に入党した。

3

明治十六年の暮、厚木。愛甲郡役所の郡長室。郡長の中丸稲八郎と郡書記の天野政立が対峙《たいじ》していた。

「中丸さん、なぜ農民たちに預《あず》か り米の適用を認めてはいけないのですか?」

「政府の方針じゃや。適用を認めるなという通達が来たんじゃ」

「しかし、預り米規則は依然として存在しているんです。それなのに、なぜ?」

「政府の締め付けが厳しくなったんじゃや。仕方なかろうが」

「それじゃあ、法律の無視じゃないですか。それで法治国家といえますか?」

「……」

中丸は憮然《ぶぜん》として黙り込んだ。もうこの話は終わりにしろ、と言いたげな顔をしていた。

「中丸さん、あなたには民の怨嗟《えんさ》の声が聞こえないのですか。こんなことをしていると、今に大変なことになりますよ」

なおも政立は食い下がった。近隣地域に住む民衆の不穏な動きが、すでに政立の耳にも入っていたのである。

「いい加減青臭いことを言うのはやめ給《たま》え。君ももう少し大人にならんと出世できんぞ」

中丸の言葉を聞いた瞬間、政立の中で何かが砕《くだ》け散った。そして、かつて荻野山中陣屋の焼討ちの後、わざと遠回りして現れた宮崎権平率いる藩の援兵のことを思い出した。政立には中丸と宮崎が同類に思えた。二人とも道理を曲げて保身に走った者だと。

以前の中丸は、自由民権運動にも理解があり、政立にとっては良き上司であった。しかし、この明治十六年からの政府による中央集権化が、中丸の人間性を変えてしまった。だが、この中丸のような人間は決して少なくなかったであろう。何しろ中丸の給与の出処も、地方から中央へと変わってしまっていたのである。

「中丸さん、あなたは変わってしまった。……残念です」

やり切れない思いを胸に、政立は郡長室を後にした。

預り米規則とは、不況によって米相場が二斗につき一円以下に下落した場合、一期分の地租に相当する米を郡役所で預かり、その年度の最終納期まで地租の延納を認める制度だった。

その後数日間、政立は悶々《もんもん》として過ごした。困窮する農民たちに対し、この預り米制度を適用するか否か、考えあぐねていたのである。

（もし県知事から不都合な取扱いだと指摘されたら、その責任は俺自身が取る）

政立はそう決心し、地租の延納出願者の願書を受理し始めた。

翌明治十七年は激動の年であった。青木虹二《こうじ》の『百姓一揆総合年表』と『明治農民騒擾《そうじょう》の年次的研究』によれば、この年の農民一揆件数は一六〇件を越え、幕末以来最多であった。その原因は、当時の政府が取った政策にあった。いわゆる松方財政として知られるデフレ政策によって、十七年になると農産物の価格暴落と金融逼迫《ひっぱく》が起き、これに増税も加わって、農民は不景気のどん底に突き落とされたのである。

以前より政立の耳に入っていた、近隣地域の不穏な動きも相次いで顕在化《けんざいか》した。それらは一色騒動と秦野騒動であり、ともに十七年五月に発生した。

一色騒動は、淘綾《ゆるぎ》郡一色村（現二宮町）の高利貸である露木卯三郎《うさぶろう》が、大磯の旅館に宿泊していたところ、十数名の負債者に殺害された事件である。露木への負債者は大住、高座、淘綾、足柄上など数郡に及び、その数は五百名を越えていたという。彼は農民の困窮につけこんで地券状を抵当《ていとう》に高利貸しを行い、返済期限が過ぎれば裁判所を通じ、容赦なく負債者の地所公売や身代《しんだい》限り（破産）の処分を強行した。そのため露木は負債に苦しむ農民たちの憎悪の的になり、十六年の十月頃から、露木襲撃の計画が困窮する農民たちの間で練られていたのである。

秦野騒動は、大住郡四十四カ村の負債農民三百余名が秦野の弘法山《こうぼうやま》に集合し、債権者に対する三十五年賦返済要求と、もし債権者が承諾しなければ暴力に訴えることを決議し、債権者と集団交渉に入った。その矢先、露木事件の二の舞を恐れた債権者が警察に通報した結果、負債農民側の指導者が逮捕され、同時に債権者側が負債農民の要求を呑んだ事件である。

これらの事件を聞くに及び、政立は今更ながら預り米規則の適用に踏み切った、自らの判断が正しかったことを確信した。と同時に、この現状はもはや旧幕時代より悪い状況なのではないかと案じた。

（これでは、何の為の御維新だったのか）

一方このような政立に対し、郡役所内の空気は冷《ひ》ややかだった。この頃所内では、政立は「役人として不適格」というレッテルを貼られ、昇進にも支障をきたす有り様だったという。

（もう俺の居場所はここにはない）

そう決心し、政立は郡書記の職を辞した。明治十七年九月のことだった。

4

明治十七年四、五月頃、愛甲婦女協会が設立された。これは、当時全国でも数えるほどしかなかった女性の民権結社であった。その創立趣意書では、西洋の女子が男子と対等に交わっていることが述べられ、それに比べて日本の女子は、男子の玩弄物《がんろうぶつ》か奴隷であり、人間の数にさえ入らないとは何事だと嘆《なげ》かれている。そして、このような状態からの解放には、学問による智徳の修得が必要だと述べられている。さらに、偉人によって催《もよお》される演説会に行くことが奨励されるなど、政治集会への参加が呼び掛けられている。

この協会の創立に主導的な役割を果たしたのが、山川市郎の妻えんと、天野政立の妻の八重であったといわれている。この八重は、市郎や政立の同志として活躍した、難波惣平の妹である。また、えんと八重の夫がそれぞれ市郎と政立であることからも、改めて市郎と政立の絆《きずな》の深さが窺えるのである。

では、なぜこの時期に創立されたのか。愛甲婦女協会とよく似た性格を持つ豊橋婦女協会がすでに創立されており、その豊橋婦女協会が明治十六年十月三十日付の「日本立憲政党新聞」に紹介されているという。(『相州自由民権運動の展開』大畑哲)恐らくえんたちがそれを読んだことが理由の一つではないだろうか。

この頃、景気は益々悪化し、世情は騒然となっていた。至る処で租税の滞納や負債に苦しむ農民が大量発生し、公売処分や身代限りに陥る農民が続出した。この状況を前にして、愛甲郡自由党は明治十六年より地租軽減運動を開始していた。しかし、十七年が地租率の改定期に当たるため、政府が改定するか見極めようと、愛甲郡自由党は地租軽減運動を一旦休止していたが、政府が地租率の改定を見送ったので、十七年九月以降運動を再開した。

その手始めに九月一日の有志者集会において、難波惣平、天野政立、井上篤太郎、山川市郎、沼田初五郎、神崎正蔵の六名が政府への請願委員に選ばれた。ちょうど、この九月に郡役所書記を辞めた天野政立は、まるで水を得た魚のように、この運動にのめり込んでいった。あるいは、そもそもこの運動への参加が、天野が郡役所書記を辞めた理由の一つだったのかもしれない。

しかし、その運動が再開した翌月の十月二十九日に、肝心の自由党が解党してしまった。詔勅《しょうちょく》から実際の国会開設まで十年という長さに加え、党内の内紛、立憲改進党との軋轢《あつれき》、政府による弾圧、資金難などが原因であった。それでも、愛甲郡の旧自由党員たちはめげずに運動に邁進《まいしん》した。

その僅か二日後の十月三十一日に、秩父事件が勃発した。埼玉県秩父郡における困民党の武装蜂起であった。動員数は、五千人とも八千人とも一万人ともいわれている。彼らは負債の年賦返済、租税の軽減などを要求していたが、そのような要求（請願）は蜂起前に債権者や郡役所に行い、すでに拒否されていた。その上の蜂起なので、彼らは単に自分達の要求を通すだけでなく、政府の転覆まで考えていたといわれている。

十七年十一月、荻野新宿、法界寺。天野政立や山川市郎らの旧自由党員は、地租軽減運動の為の署名集めに奔走していた。ただし、今回は以前の国会開設運動の時とは違い、地租を払うのは地主だけなので、集める署名数自体は少なくてすんだ。しかし、国会の時よりも状況は緊迫していた。

「どうだい和尚、署名の集まり具合は？」

「まずまずじゃ、市郎」

この頃法界寺住職の北条存嶺は、地租軽減運動の事務局のような仕事を手伝っていた。

「すみません。わざわざ和尚様にまで手伝って頂いて」

政立が済《す》まなそうに言った。

「何のこれしき。儂も皆の力になれて嬉《うれ》しいわい。それに……」

「それに？」

市郎と政立の二人が、怪訝《けげん》そうな顔をした。

「この相州が、秩父のようになってはまずいからのう」

「困民党か」

存嶺の言葉に、市郎が相槌を打った。

「まるで旧幕時代に起きた武州のぶちこわし（一揆）のようじゃのう。覚えとるか、市郎」

「ああ、忘れもしねえ。あれは俺たちが陣屋を焼討ちする前の年、慶応二年だった」

「あの時も、始まりは確か秩父じゃった。あれから二十年にもなろうというのに、いまだに儂らは同じようなことをしておる。愚かしいことよのう」

「だからこそ、我々は早急に署名を集めて政府に訴え、平和裏《り》に事を進めなければならないのです」

政立が表情を引き締めて言った。それを聞いた存嶺が、独り言のように呟《つぶや》き始めた。

「儂は秩父の詳しいことは知らん。じゃが恐らく秩父の者らも、蜂起する前に政府に訴えたんじゃなかろうかのう。それを政府が聞き入れなかったから、奴らは立ったんじゃろう」

市郎と政立は頭の中で、存嶺の言葉を反芻《はんすう》した。

「二人とも、心してかかることじゃ。政府はそれほど物分かりが良くはない。今回の願い出も前途は多難じゃぞ」

二人は黙って頷いた。

5

明治十七年十一月、市郎は沼田初五郎、神崎正蔵とともに総代となり、三九一名分の署名を集めて、大蔵卿に地租軽減の嘆願書を提出するために上京した。天野も同行していた。しかし、大蔵卿にあっけなく受け取りを拒否されてしまった。

一行は早速厚木に戻って今後の対策を練ろうとしたが、その前に関係各所に挨拶に行くことにした。今後の請願の進め方を相談する意図もあった。

市郎と政立は銀座にあった坂崎斌《さかん》の家を訪ねた。坂崎は土佐人のジャーナリストで、自由党系の新聞である『自由燈』の記者をしており、自由民権運動家でもあった。坂本龍馬の伝記小説である『汗血千里駒《かんけつせんりのこま》』の作者としても知られている。坂崎は政立より一歳年上で、市郎より十歳年下だった。坂崎と市郎、政立の三人が応接間で談笑していると、そこに一人の女性が現れ、お茶と和菓子を運んできた。

「ああ、紹介します。彼女は岡山からやって来た景山英子《ひでこ》です。板垣さんの紹介で私の家に寄宿しており、今築地にある女学校に通っています」

市郎と政立は、まじまじと英子を見つめた。まだ若そうだった。

「女の書生とは珍しい。さすが東京は進んでますね」

天野が驚き交じりに褒《ほ》めた。すかさず市郎が尋ねた。

「随分お若そうですけど、お幾つなんですか？」

市郎の質問を聞くや否《いな》や、英子はキッと市郎を睨《にら》んで言った。

「女性の年齢を訊くなんて、西洋の礼儀に反しますわ」

英子はお辞儀をすると、さっさと部屋を出ていった。

「ははは、すみません。彼女はまだ東京に来たばかりで、人前に出るのが恥ずかしいんでしょう。あの娘は今二十歳《はたち》です」

(気が強え。まるで、えんみてえだ)

その後、市郎と政立らは厚木に戻り、さらに署名を集めた。署名数が五八七名に達すると、今度は難波惣平、天野政立、井上篤太郎の三名が総代として翌明治十八年二月に上京し、署名と地租軽減の建白書を元老院に提出して漸《ようや》く受理された。そこで天野と井上は東京に留《とど》まり、元老院からの回答を待つことになったのである。

昨年の大蔵卿への嘆願書は受け取りを拒否されたが、今回は元老院に受理されたので、二人は淡い期待を持って回答を待った。そんな二人の下に元老院から呼び出しがあり、最終的な回答が示された。結果は「建白書の採用の可否判断は行政府の権限に属する」というものだった。つまり、自分たち元老院には建白書を採用する権限はないとするものであり、事実上の拒否回答であった。

昨年以来の嘆願、建白と、二度にわたって失敗したので、天野と井上の落胆ぶりは大きかった。と同時に、自分たちの無力さも思い知らされた。特に政立は、郡役所書記の職を辞し、全身全霊を傾けて運動に取り組んできただけに失望感も大きかった。恐らく政立は、保身に走った中丸郡長を見返し、彼の目を覚まそうとしていたと思う。そんな期待が木端《こっぱ》微塵《みじん》に砕かれ、政立は悔し涙を流したことだろう。

実際、二人は今後どうしたらいいのか、分からなかった。しかし、何か今後の対策を考えないと、故郷にも帰れない気がした。故郷の厚木で、期待して待っている同志たちに対し、ただ元老院の拒否回答を伝えるだけでは、済まない気がした。

(このまま手ぶらで、おめおめと仲間の下に帰れるか)

政立は思い悩んだ。

(いっそ、死んで詫《わ》びるか)

士族の政立の脳裏を、このような考えが過《よ》ぎったとしても、何ら不思議ではないだろう。

政立は今後の打開策をみつけようと、都下の政友の下を訪ね歩いた。その政友の中には、あの坂崎斌も含まれていた。ある日、政立は銀座の坂崎宅を訪れて相談した。

「坂崎さん、我々はこれからどうしたらいいのでしょうか?」

「分かりました。では、それに答えてくれる人を呼んで来ます。しばらくお待ちください」

坂崎は部屋を出ていった。恐らく、坂崎は政立の来訪を予想していたのであろう。しばらくすると、一人の女性が部屋に入ってきた。坂崎は遠慮し、彼女一人だった。

「あなたは……」

「前にここでお会いした、景山英子《ひでこ》です」

政立は思わず目を瞠《みは》った。以前彼女に会ったのは、昨年の十一月だった。その時は、まだ上京したての純朴な田舎娘という感じだったが、僅か三、四カ月の間に、眩《まばゆ》いばかりに都会的に洗練されていたのである。女性は変われば変わるものだと、改めて政立は驚いた。

「えっと、私は」

政立は口籠《ごも》った。

「ご来訪の向きは、伺っております」

「では、我々はどうすれば……」

「現時点では、もはや内地の状況は手詰まりです」

「はい」

「ですので、ここは一旦、目を国外に転ずるのです」

「……」

政立は戸惑った。英子の言わんとしていることが、皆目《かいもく》分からなかった。

「朝鮮に事を起こします」

「は？」

「朝鮮に渡って、朝鮮の政《まつりごと》を改革するのです」

「はあ」

(何を言ってるんだ、この小娘は)

政立は、次第に怪しいと思い始めた。二十歳そこその小娘が、大言壮語《たいげんそうご》を吐いているようにしか思えなかった。しかし、一方の英子の口振りは自信満々だった。試しに政立は訊いてみた。

「朝鮮には、誰が渡るのですか？」

「大井、小林、磯山らの同志です」

政立は、過去の自由党員としての活動を通じ、旧自由党左派の領袖であった大井憲太郎と、小林樟雄《くすお》、磯山清兵衛のことは知っていた。英子が続けた。

「その準備は、すでに十分に整っておりますが、資金だけが足りません。あなたが国事にご熱心なのは聞いておりますが、この事は内地改良の一手段でもあります。ですので、どうかあなたにも、ご尽力頂きたいのです」

どうにも、政立は頭が混乱してきた。大井などの実名を出すからには、何やら信憑《しんぴょう》性がありそうではあるが、余りにも話が飛躍し過ぎていて、何が何だか分からなかった。

「できれば、その大井さんや小林さんにお会いし、詳しいお話を伺いたいのですが」

「分かりました。では、また後日」

狐につままれたような面持ちで、政立は麹町《こうじまち》の宿所に帰った。

後日、麹町の政立の宿所を英子が訪れ、「会わせたい人がいる」と言って政立を案内した。案内した先は、深川の磯山清兵衛の宿所だった。磯山は政立より二歳年上で、常陸《ひたち》

（現茨城県）の潮来《いたこ》出身の活動家だった。政立に相対した磯山は、熱弁をふるって政立の説得を試みた。

「貴殿は、今朝鮮で起こっていることを、ご存知ですか？」

「はい、大体のところは」

「今朝鮮では、守旧派と開化派が対立しています。我らは朝鮮に乗り込み、開化派を助けて守旧派を倒し、朝鮮の独立と分明開化を促進しようと考えています」

「ちょっと待って下さい。それは昨年末の甲申事変によって失敗したじゃないですか」

明治十七年十二月、朝鮮の開化派の金玉均、朴泳孝らは、清国を頼る守旧派の閔妃《びんひ》一派に対しクーデターを実行した。一時、金らは守旧派の要人を殺害して開化派の政権を樹立したが、後に清国軍に敗れ、新政権は僅か三日で倒れた。その結果、金、朴らは日本へ亡命したのだった。

「そうです。だから今回は政府主導ではなく、我々民間人が自主的に行うのです」

「以前、私も甲申事変での清国の行為に憤慨し、郷里で義勇兵を募集したことがあります。しかし、その後日朝間で漢城条約が締結され、義勇兵派遣の機会は失われました。なのに、なぜ今我々が朝鮮の開化派を助けるんですか。今の我々には関係ないじゃないですか」

待ってましたとばかり、磯山は身を乗り出して話を続けた。

「はい、直接には関係ありません。しかし朝鮮が開化すれば、我が日本にも大きく影響します。例えば、朝鮮が我が国より先に憲法や議会を持ったとすれば、我が日本は大きく後れを取ったことになります。後から開化した朝鮮に遅れを取ったと、日本の世論が騒ぎます。それを利用して、我々は日本の改革を行うのです」

「なるほど。しかし、どうにも遠回りするような気がしてなりません。内地の改良を目指すのであれば、やはり直接日本の政府と交渉する方が早いのでは」

「それは、これまでにも硬軟織り交ぜて、散々行ってきたはずです。しかし、幾ら我々が平和裏《へいわり》に請願や建白をしても政府は全く聞く耳を持たず、また秩父事件のように武力蜂起しても、政府は問答無用で鎮圧してきます。ですから、もう日本政府と直接やりあう余地はありません。どうです、違いますか？」

「……」

政立は黙って考えていた。確かに磯山の言うことは正論に聞こえ、反論出来なかった。

なおも磯山は続けた。

「かつて、アメリカの独立戦争がイギリスとの間で行われた際、フランスはアメリカを支援し、その後フランス革命が起こりました。従ってフランス革命は、アメリカ独立の影響を多分に受けていると考えられます。ならば、ここは現状の打開策として、まず朝鮮から攻めてみることも、我々にとってはいい考えだと思います」

「……」

政立はまだ考え込んでいた。

「いいですか、天野さん。この朝鮮改革計画の真の目的は、あくまで我が日本の内地改良なのです。そこを、どうかお忘れなきよう」

傍《かたわ》らにいた英子が、政立の袖を掴《つか》んで訴えた。必死の形相だった。この英子の必死さに押され、ついに政立も決心した。頃合いを見計らって、磯山が告げた。

「我々の最初の目標である朝鮮改革計画は、すでに準備はほぼ整っています。あとは資金の問題だけです。ですから、どうか貴殿には、資金調達に尽力して頂きたいのです」

「分かりました。微力ながら、お手伝いします」

大阪事件の目的として、朝鮮の改革云々はあくまで表面上に過ぎず、実は朝鮮を切っ掛けにして日清間で戦争を起こさせ、その混乱に乗じて薩長藩閥政府を倒そうとの思惑があったともいわれている。色川大吉氏はこの点について「北村透谷と大矢正夫」(『日本人物史大系 第五巻』)の中で、「(朝鮮改革によって)清国から「問罪の師」を起させ、日清の開戦にいたろう。開戦となれば日本国民は憤起《ふんき》する。人心は昂揚《こうよう》する。人民の主体的な力は強まる。これに反して政府の方は、攻撃力を海外にさかざるをえない。国内における力関係がかわる。ここから、この機をつかんで全国の有志者が運動を起せば、結極、政府は人民の要求をいれて国内改革に同《どう》じ(賛成し)ないではいられなくなろう」(カッコ内筆者)としているのである。

第十章　大阪事件

1

　早速政立は厚木に帰り、地租軽減運動の件は元老院から拒否されたが、今後は朝鮮改革計画に着手したいと同志たちに告げた。愛甲郡の同志たちは賛否両論だった。朝鮮改革運動に参加を表明したのは、盟友の山川市郎と佐伯十三郎、難波春吉《なんばはるきち》、黒田黙耳の四名だった。地租軽減運動の六名の請願委員のうちでは天野と山川の二名だけであった。

「まず、当面の我々の任務は活動資金の調達である」

　政立は四名の参加者に告げた。

　佐伯十三郎は安政二（一八五五）年生まれで、出身は墓碑銘《ぼひめい》には遠江（現静岡県）の掛川とされているが、朝鮮渡航に際して政府に提出した「嘆願書」では「千葉県士族」と記されている。明治十四年より荻野の山中学校で教鞭を取り、翌十五年に自由党に入党した。

　難波春吉は惣平の弟で、元治元（一八六四）年の生まれである。

　黒田黙耳は嘉永五（一八五二）年の生まれで、京都出身の士族である。愛甲郡役所で主席書記をしており、同僚の天野とは名コンビだったという。相愛社から自由党へと、天野や山川と同じ経歴を歩んでいる。

これら愛甲郡からの五人の参加者の中に、士族の者が三名いる（天野・佐伯・黒田）ということは、何かを示唆していると思われる。

しかし山川市郎は、この朝鮮改革計画、すなわち大阪事件には、決して積極的に参加した訳ではなかったといわれている。それでも盟友の天野が言うことだからと、敢えて反対はしなかったということだろう。恐らく、彼の思いを代弁すればこうなるだろう。（どんなに美辞麗句を並べても、結局朝鮮改革は武力の行使だ。それじゃあ困民党の蜂起と変わらねえし、旧幕時代の陣屋の襲撃と一緒だ。天野の奴、少し焦《あせ》ってんじゃねえか）

明治十八年四月、相州荻野新宿。突如として、二人の見慣れない婦人が現れた。景山英子と富井於菟《おと》であった。二人とも和服ではあったが、やはり東京で着られている服は華《はな》やかで、二人は衆目を集めた。於菟は播磨（現兵庫県）の龍野の生まれで、英子より一歳年下であった。於菟も英子と同様、坂崎の家に下宿しており、二人はそこで出会った。この於菟は『自由燈』の校正係を経て『絵入自由新聞』の記者になり、日本で最初の女性新聞記者といわれている。

二人は荻野新宿の松坂屋に宿を取ると、早速宿の主人に天野政立の所在を尋ねた。しかし、あいにく天野は現在上京中で、不在とのことであった。そこで、かねてより計画への参加者として聞いていた、山川市郎、佐伯十三郎、難波春吉、黒田黙耳の名前を出し、現在の彼らの住まいを訊いた。すると難波春吉の家はこの近所だというので、呼びに行ってくれた。

すぐに春吉が松坂屋にやってきた。また、英子らが来たという報《しら》せを聞いて、佐伯十三郎も松坂屋に駆《か》け付けた。佐伯は、かつて荻野山中陣屋があった場所に建つ山中学校の教員をしており、山中学校と荻野新宿の松坂屋は目と鼻の距離であった。

佐伯と難波が二人に挨拶《あいさつ》すると、英子も返した。

「はじめまして。私は景山英子、こちらは友人の富井於菟です。私たちは今度不恤緯《ふじゅつい》会社を設立するので、その資金集めに来ました」

「不恤緯？」

「ええ、婦人の教育を目的とした会社です」

不恤緯とは、機織りを職業とする寡婦《かふ》が、織る緯《よこいと》が少ないのを憂《うれ》えず、祖国が滅びることを憂えたという中国の故事から転じ、身を捨てて国を憂えるという意味である。

「はあ」

佐伯と難波は、少し怪訝《けげん》な顔をした。婦人の教育のために、なぜ自分たちが金を出さなければならないのか、分からないといった様子だった。

（この二人は、まだ詳しい話を聞いていない）

瞬時に英子はそう判断し、思い切って本心を打ち明けた。

「実は、先ほどの不恤緯会社は表向きで、本当は朝鮮改革計画のためです。しかし、その朝鮮改革の真の狙いは、あくまで日本国内の改革なのです」

するると佐伯と難波の二人は、漸《ようや》く話が理解できたようだった。

「あ、その件でしたら、天野さんから聞いています。分かりました。少し時間を下さい」

「宜《よろ》しくお願いします。私たちはしばらくここにいますので、ご連絡をお待ちしています」

翌日、二人は飯山村の山川市郎宅に向った。恐らく英子は、山川えいんと天野八重が設立した、愛甲婦女協会のことを聞き知っていたと思う。だから市郎の自宅を訪問した目的は、朝鮮改革のための資金調達だけでなく、えいんにも会いたかったのではないか。

市郎の自宅はすぐに分かった。荻野方面から歩いていくと、飯山観音の手前にあった。庭に大きな池があり、見ると鯉が数匹泳いでいた。大勢子供がいるらしく、子供たちの笑い声や泣き声、走り回る足音などが門の辺りまで聞こえてきた。英子が玄関先で来訪を告げると、えいんは子供から手が離せないらしく、渋々不精髭《ぶしょうひげ》をはやした市郎が現れた。

「景山さん……」

英子の突然の来訪に、市郎は絶句した。

「お久しぶりです」

「半年ぶりかな。さ、どうぞ中へ」

市郎は英子と於菟を応接間に案内した。

「うちは小さな子供が多くて喧《やかま》しい。すまんが、勘弁して下さい」

「いいえ、私はむしろ賑《にぎ》やかな方が好きです。ですから、どうぞお気になさらずに」

「ああ、そうですか。……で、今日は一体、どのような」

「今日お伺いしたのは、他でもありません。私たちは、不恤緯会社を作ろうとしており、その資金集めに参りました。この不恤緯とは」

英子の話を制して、市郎は声を小さくして言った。

「景山さん、余計な芝居はしなくていい。天野から聞いて、全て知っています。朝鮮改革計画のことも。……いや、もちろん表向きは『不恤緯会社のため』ということにしますが」

英子は照れて、少し顔を赤らめた。

「そうでしたか。それでは単刀直入にお話しします。どうかそのための資金を援助して頂きたいのです」

「分かっています。仲間と相談し、後であなた方の宿所に届けます。ただ申し訳ないが、今回は大した金額はご用意できません。まとまった金は、もう少し時間を下さい」

「ありがとうございます」

英子と於菟は深く頭を下げた。

その時えんは、台所で食事の支度をしていたが、気が気ではなかった。何も事情を知らないえんには、異常なことのように思えたのだ。何しろ、突然二十歳くらいの女が二人やって来て、自分の亭主とひそひそ話をしているのである。

(あの女ったらし。ただでさえ生活が苦しいのに、その上二人も若い女に手を出すなんて)

えんは、ちょうど庭の池から取ってきた鯉を調理するため、ぶつ切りにしていたが、怒りのせいか手に力が入り過ぎ、包丁をまな板に叩《たた》きつける音が家中に響いた。

「ところで、奥様はご在宅でしょうか？」

「ええ、おりますが」

「ちょっと、ご挨拶《あいさつ》させて頂けませんでしょうか？」

「あ、はい。ちょっと待って下さい」

市郎はえんを呼びに行った。

「えっ、私に。なぜ？」

「いいから来なさい。今、紹介するから」

(泥棒猫が正妻である私に何を。……まさか、別れてくれなんて)

台所から応接間までの僅《わず》かな距離に、目まぐるしくえんの思考は回転した。自《おの》ずとえんは顔を引きつらせ、肩をいからせて応接間に入った。

「家内のえんでございます」

「はじめまして。私は景山英子、こちらは富井於菟と申します。実は私たちは、婦人解放運動をしております。そこで、奥様が設立なされた愛甲婦女協会のことを聞き、是非色々お話を伺いたいと思って参りました」

「えっ。あ、そうなんですか」

自分のはやとちりに頬《ほほ》を赤らめつつ、えんは二人と話し込んでいった。山川市郎・えん夫妻の子孫には、景山英子は合計数回、山川家に宿泊したという話が伝わっている。だから英子は、これ以降も山川家を訪問したのであろう。それほど英子が山川家を訪問したのは、市郎との信頼関係も然《さ》る事ながら、婦人運動を通じてのえんとの友情も、大きく影響していたのではないかと筆者は思う。

また、特に市郎の次女の章《しょう》は、景山英子の家に預けられたことがあり、英子を尊敬していたらしく、自分の娘たちに繰り返し英子の女傑ぶりを語り聞かせたという。

後日、市郎は佐伯、難波と相談して資金を出し合い、松坂屋にいた英子に二〇円を渡した。また、この後も四回にわたり、天野を含めた彼らは英子に資金を渡し続けた。最終的に計五回にわたった資金提供は、総額一五八円に上った。第二回から第四回までの計一三〇円は、全て天野の懐《ふところ》から出たものだといわれている。

2

明治十八年六月、東京。天野政立は、景山英子に資金を渡したことで、ようやく正式な同志として認められるに至った。そこで、かねてより面会を希望していた幹部の一人である小林樟雄《くすお》に、政立はついに会うことができた。小林は英子と同じ岡山出身で、英子の婚約者だった。政立より二歳年下、磯山より四歳年下だったが、この朝鮮改革計画を最初に大井憲太郎に持ち込んだのは小林とされており、自《おの》ずと主導的な立場にいた。小林はフランス学を学んでおり、かつてジャンヌ＝ダルクの伝記を翻訳した。これを英子が読み、その影響で英子は自由民権や女性解放に目覚めたという。しかし、小林に会えた喜びも束の間、ついに政立は重大な岐路《きろ》に立たされた。それは小林の次の一言であった。

「資金調達のために、今後は非常手段に訴えて欲しいのですが」

「非常手段？　それはどういうことですか」

政立は怪訝《けげん》そうな顔をして訊いた。小林は磯山の方を向いて頷いた。磯山が答えた。

「つまり、強盗だ」

「強盗……」

その言葉を聞いた途端《とたん》、政立は頭の中が真っ白になった。いくら内地改良のためとはいえ、なぜそんなことまでしなければならないのか。

「なぜ強盗など……そんなことをしたら、我々の理想が汚《けが》れてしまいます」

「いや、それは違います。天野さん、貴方《あなた》は『史記』に出てくる『大行《たいこう》は細瑾《さいきん》を顧《かえり》みず』という言葉をご存知ですか？」

「はい。しかし……」

「大事業を成就させるには、些細《ささい》なことにこだわってはいけないのです。ちょうど幕末の志士たちもこの精神に則《のっと》り、豪農商から軍資金を奪ったらしいじゃないですか」

小林が余裕たっぷりに言った。

(山川さんのことじゃないか)

茫然としながらも、政立は思った。そして、絞り出すように言った。

「少し、考えさせて下さい」

「それは構わんですが、これだけは覚えておいて下さい。貴方はもう我々の非常手段を聞いてしまっています。聞かれてしまった以上、我々としても貴方を手放す訳にはいきません。だから貴方はもう後戻りできないのです。賽《さい》は投げられています。お分かりですね」

小林が諭《さと》すように言った。言い方は優しいが、言葉の端々《はしばし》に断定的な威圧感があった。

数日後、磯山と英子が三人の男を連れて天野の宿所を訪れた。開口一番、磯山が訊いた。

「天野さん、もう決心はつきましたか?」

政立は小さく頷いた。もうやるしかない。強盗でも何でも手段を選ばず、朝鮮改革に賭けるしかない。といった、半ば開き直った心境だった。

「そうですか。それは何よりです。では今日は、資金調達の実行部隊を紹介します」

「――」

もうそんな段階まできているのかと、政立は目を瞠《みは》った。そんな政立を気にもかけず、磯山は続けた。

「こちらは、大矢正夫、山崎重五郎、内藤六四郎です。皆、有一館《ゆういっかん》生です」

三人は揃《そろ》って政立にお辞儀《じぎ》をした。

「あ。君は、大矢君じゃないか」

「はい」

大矢はかつて荻野の山中学校で教鞭を取っており、当時佐伯と同僚だった。また大矢は旧自由党員で、その関係で政立も大矢と知り合い、大矢の結婚の媒酌《ばいしゃく》人も政立が務めた。

有一館は明治十七年六月に、当時の自由党の青年壮士養成所として設立されたのだが、自由党の解党後は、完全に大井ら旧自由党左派の統率下にあって、「刺客《しかく》養成所」のような存在になっていた。そして磯山は、その有一館の館長なのであった。

「では、具体的な実行計画ができましたら、こちらから連絡します。あと貴方《あなた》の故郷の同志たちには、貴方の方から説明して下さい。いいですね、天野さん」

「分かりました」

(まさか、この俺自身が盗人になるとはな)

内心自嘲《じちょう》しながら、政立は渋々答えた。

荻野に帰ると、早速政立は佐伯十三郎と難波春吉を呼び、東京での出来事を話した。

「例の朝鮮改革計画の件だが」

そこまで言って、政立は二人の反応を窺《うかが》った。

「はい」

佐伯と難波は、じっと政立の顔を見つめていた。

「計画を実行するための資金が足らん。よって、我々は強盗をすることになった」

「えっ」

二人は絶句した。

「他に方法がないんだ。分かってくれ」

場は静寂に包まれた。

「……」

なおも無言で考え込んでいる二人に、政立は畳み掛けた。

「お前たちの志は、その程度のものだったのか？」

政立は、交互に二人の顔を見た。

「朝鮮に事を起こすは、内地改良のためと言ったはずだ。つまり、あくまで日本のため、日本人のためだ。その崇高《すうこう》な行為に、身を捧《ささ》げるのが嫌なのか。……ならばお前たちは、おのれの立身出世のために、この計画に加わったのか？」

政立は懇々《こんこん》と説き、なおも続けた。

「幕末の志士たちも維新を断行するために、豪農商に押入って軍資金を強奪した。しかし、その時彼らは、あくまで『借りる』という名目を貫いた。だから我々も、その姿勢だけでも踏襲《とうしゅう》しようと思う」

「奪ったのではなく借りた？　本当ですか？」

二人は驚いて政立に訊き返した。

「本当だ。俺はかつて藩の役人だったから知っているが、ちゃんとその時の借用書も残っている。そうだ、嘘だと思うなら山川さんに訊いてみろ。あの人が生き証人だ」

「分かりました」

明らかに二人の顔色が変わり、血色が良くなってきた。

佐伯が言った。

「俺は前からおかしいと思っていました。こんなに自分の周りの民が困窮しているのに、僅《わず》か数里しか離れていない東京では、お偉いさんたちが日夜、鹿鳴館で舞踏会を開いている。同じ人間なのに、なぜこうも違うのかと。いいでしょう。そんなお偉いさんたちに、一泡吹かせてやりましょう」

「私も内地改良のために、この身を捧《ささ》げます」

難波も続いた。

「あと、前に山中学校で教鞭を取っていた大矢君が実行部隊に加わっているから、そのつもりでな」

政立が付け加えた。

3

明治十八年六月下旬、東京本所、柳島の有一館。館内の一室に館長の磯山と、大矢、山崎、内藤の計四名が集《つど》っていた。大矢ら三人の顔を見渡すと、磯山が厳《おごそ》かに告げた。

「諸君、君らの最初の任務が決まった」

「はい」

三人は元気よく答えた。

「目標は、相州高座郡栗原村の大矢弥一家だ」

磯山は大矢正夫の顔を見ながら言った。

「えっ」

正夫は茫然《ぼうぜん》とした。栗原村は正夫の故郷であり、また大矢弥一は正夫とは同族の資産家であった。しかも、貧しかった正夫がかつて病気を患《わずら》った際、弥一家が親身になって世話をし、正夫を回復させてくれたのである。まさか、そのような大恩人を襲撃するはめになろうとは、正夫は夢にも思わなかった。

また、この大矢弥一家はかつて荻野山中陣屋の襲撃の際、市郎たち浪士一行が軍資金として五〇〇両を借り受けた家でもあった。事件当時、正夫はまだ子供だったが、同じ栗原村の出身であれば、恐らくその事件のことは聞き知っていたであろう。

「その大矢弥一という者は、いわゆる守銭奴か？」

山崎が大矢に訊いた。以前、正夫ら三人は強盗の話を磯山から聞いた際、引き受けるか悩んだ末、目標を官金と守銭奴に限定し、決して良民から金を奪い取ることはしないと、密かに誓い合っていたのである。山崎はその場の空気で、正夫と弥一が旧知の間柄だと気付いていた。

「いや、我が故郷では随一の慈善家《じぜんか》で、私にとっては大恩人だ」

一瞬、場の空気が凍りついた。しかし、磯山は強引だった。

「大矢君の事情は分かるが、現地からの情報によれば、今大矢弥一家には七、八千円の大金があるという。この折角《せっかく》の獲物を逃《のが》したくはないのだ」

「その現地からの情報とは、誰からのものですか？」

正夫が訊いた。

「山本与七だ」

山本は、高座郡の同志のリーダーであった。だから、正夫も無下《むげ》には断れなかった。磯山が続けた。

「大矢君は、恐らく自分の故郷という点にも難色を示していると思う。だが、よく考えて欲しい。土地勘《とちかん》のない見知らぬ土地では、襲撃を成功させるのは至難の業である。だから、敢えて諸君の出身地を選んでいるのであり、今後もこの方針は変わらないだろう」

正夫はがっくりとうな垂《だ》れた。磯山が止《とど》めを刺した。

「まあ、大矢君の気持ちも分かる。だから君には、今回は家内には踏み込まず、外で見張りでもしていればいい」

「では、これだけは約束して下さい。決して家人を傷付けないと」

「分かった」

磯山は頷き、正夫は渋々承諾した。

早速正夫ら三人は、相州高座郡座間村の山本与七の自宅に入った。正夫はそこから相模川を挟《はさ》んで向かいの愛甲郡の荻野に使いを送り、旧知の佐伯十三郎と難波春吉を呼び出した。

山本宅に駆けつけてきた佐伯と難波を、正夫が労《ねぎら》った。

「佐伯さん、春吉、宜しく頼みます」

「任せとけ。で、目標はどこだ？」

「栗原村の大矢弥一家です」

「大矢弥一って、お前の恩人じゃないか」

佐伯が目を瞠《みは》った。佐伯と正夫はかつて山中学校で同僚だった。だから、二人はかなりお互いのことを知っていた。

「そうですって、お前、それでいいのか？」

「はい。ですので、私は外で見張りを」

正夫の表情は暗かった。すぐに佐伯と難波は、正夫の異変に気付いた。

「今回は、お前は止めといた方がいいんじゃないか。いくら何でも」

「佐伯さん、私はやると決めたんですよ。もう後には退《ひ》けません」

正夫は佐伯と難波を見据《す》えた。正夫の迫力に、思わず二人は息をのんだ。

こうして明治十八年の六月末に、第一回目の襲撃が実行された。しかし、大矢弥一家が事前に不穏《ふおん》な空気に気付いて警戒を強めたため、結果は未遂に終わった。この時の参加者は山本と大矢、山崎、内藤の有一館生、佐伯、難波の愛甲郡グループ、それに山本の実弟の菊田粂三郎《くめさぶろう》、大井憲太郎の命令で東京から派遣されてきた富田勘兵衛の計八名だった。

その後も、立て続けに襲撃は実行された。

第二回目は同年七月五日に、愛甲郡上荻野村の岸十郎平家を目標に行われ、結果は一九円と風呂敷一枚を奪取した。参加者は山本、佐伯、難波、富田、窪田久米であった。窪田は西多摩郡五日市の勧能学校の助教であった。

第三回目は、正確な日時は不明だが、第二回目の直後であり、目標は愛甲郡役所の公金輸送車であった。結果は、輸送車が当日たまたま普段とは違う道を通ったために失敗した。参加者は大矢、難波、富田の三名であった。

明治十八年夏、愛甲郡飯山村山川家。市郎の家に、大矢正夫と山崎重五郎が潜伏していた。高座郡の山本家同様、山川家も襲撃犯たちのアジト（隠れ家）として利用されていた。

「で、公金輸送車の件はどうなった？」

市郎が二人に訊いた。

「失敗です。輸送車が、普段通っている道を突然変更しまして」

「ははは、何だそりゃ。大方、輸送車側に襲撃を察知されていたんじゃやねえか？」

「我々は命懸けでやってるんです。何も、笑う事ないじゃやないですか」

正夫がむきになって言った。

「悪い悪い。だけど、ちょっと考えた方がいいんじゃやねえか。公金輸送車一つ襲えなくて、果たして朝鮮の改革なんて本当にできるのかねえ」

「じゃあ、山川さんはどうしたらいいとおっしゃるんですか？」

正夫が市郎に訊いた。少し怒気《どき》を含んでいた。市郎は何ら悪《わる》びれることもなく答えた。

「正夫。お前、本当に純粋というか、一本気な男だな」

「そうですか」

正夫は憮然《ぶぜん》として答えた。あまり冗談が通じるタイプではなさそうだった。

「ははは。お前さんを見てると、道三を思い出すよ」

「道三って、どなたですか？」

「石井道三っていってな。今、上荻野で医者をやってるんだが、こいつは俺の幼馴染《おさななじみ》でな。旧幕時代は尊皇攘夷の志士だったんだが、こいつが真面目《まじめ》で頑固な男でな。お前さんに似てるんだよ」

「――」

褒《ほ》められているのか、貶《けな》されているのか分からず、正夫は憮然としたままだった。

「けど、もう強盗は止めた方がいいんじゃねえか。今止めれば大した罪にはならんだろう」

「大行は細瑾を顧みずです。組織の上層部からの受け売りですが」

「しかしな、確かに俺もそう思って旧幕時代には色んなことをしたが、やっぱり強盗をして、いい気持ちはしねえぞ。いや時間が経つにつれて、段々と罪の意識が増してくる。お前たちにゃ、こんな思いはさせたくねえんだがな」

市郎は二人の顔を見ながら言った。

「分かりました。これから一旦組織に戻りますので、上層部に伝えておきます」

「ははは。まあ硬い話はこれくらいにして、飯にでもするか。おーい、えん」

「はい」

えんが襖《ふすま》を開けて現れた。

「飯にしてくれ」

「それが、お米が……」

正夫たちの手前、決まり悪そうにえんが言った。

「ふむ。じゃあ酒は？」

「それが……」

「ははは、そうか。それじゃあ、また何か適当なものと交換してきてくれ」

「はい」

にこっと笑い、えんは外に出ていった。

こんな平然とした二人の遣《や》り取りを、正夫と山崎は唖然《あぜん》として見ていた。増してや、この頃山川家には六人くらい（各々の誕生日が分からず、また早世した子もいるので、この時点での正確な数は分からない）の子供がおり、その上に大矢と山崎を潜伏させ、そして朝鮮の改革と内地の改良を考えていたのである。後年、正夫は自身の自叙伝に、「山川氏夫婦の仁侠ぶりには実に敬服の外なかりしと云えり」「其妻おえん殿も亦貞節の勇婦なり。毎に強きを挫《くじ》き弱きを助《たすく》るを以て任ぜり」と書き、山川夫妻を賞賛している。

しばらくして、えんが米と酒を持って戻り、池の鯉を調理して食卓を賑《にぎ》わせた。

しかし正夫たちは、一向に成果を挙げられないことに悩み、苦しんでいた。この頃の正夫の苦悩を物語るエピソードとして、評論家で詩人の北村透谷との関係がある。透谷は以前より、友人の正夫とともに自由民権運動に参加していた。そこで、藁《わら》にもすがる思いで正夫は透谷を襲撃に誘うが、透谷は悩んだ末にこの誘いを断っている。それは、親密だった二人の友好関係の終了を意味し、一層正夫は孤独に苛《さいな》まれることになったのである。第四回目の襲撃も、第三回目と同様に正確な日時は分からない。目標は愛甲郡役所の金庫で、結果は未遂、参加者は山川、天野、難波、大矢、山崎の五名であった。

最後の第五回目は、同年十月二十一日、目標は高座郡座間村戸長役場で、結果は一、〇七一円八〇銭を強奪し、参加者は長坂喜作、大矢、菊田の三名であった。長坂は山梨県人だったが、山本与七に出会って感化され、この襲撃に加わったという。

4

明治十八年十一月二十三日、大井憲太郎、小林樟雄ら朝鮮改革計画、いわゆる大阪事件の関係者が大阪と長崎で一斉に逮捕された。大井らの行動は、早くから政府の密偵によって探知されていたという。その気になれば、政府はいつでも彼らを捕えることができたのである。

大矢正夫は、渡韓するために長崎の旅館にいたところを、同日未明に官憲に踏み込まれ、長崎警察署に連行された。その警察での取り調べの際、正夫は「東京深川の士族、窪田道三」という偽名《ぎめい》を使ったという。この偽名は前々から考えていたものか、またはとっさに出たものかは定かでないが、恐らく「窪田」とは同じ高座郡グループの窪田久米から、そして「道三」とは石井道三から、それぞれ取ったものではないかと筆者は思う。

明治十八年十二月にも逮捕者が出たが、翌明治十九年になると、益々逮捕が加速した。一月九日に天野政立と山川市郎、十一日に黒田黙耳、十五日に難波春吉、十九日に山本与七がそれぞれ逮捕され、同じ十九日に佐伯が自首した。(佐伯の自首は二十日や二十一日ともいう)

逮捕者たちは大阪に護送されて収監された。こうして十九年二月半ばより、大阪事件容疑者たちの監獄生活が始まった。監獄内の環境は旧幕時代さながら劣悪で、食事もまずく寒かった。すると入監後すぐに市郎はチフスに罹《かか》り、生死の間を彷徨《さまよ》った。その時の様子を、天野政立の『鉄窓日誌草稿』という獄中記から、筆者が現代語に訳して引用すると、

この時、痛く我々の心を悩ましたのは、山川氏がチフスに罹り、日夜譫言《うわごと》を言って、熱のためにほとんど意識が朦朧《もうろう》とし、意識の分別もない様子だったことであった。それにもかかわらず、十分な手当てもないので、これでは全快できるはずがなく、不治の者になるしかないと、皆で手を握り合い、泣きながら嘆息していたところ、神明の助けがあった。

二月二十日に、刑務所長の早間某氏が巡視の時に見て、山川氏が重症であることを察し、

即座に医師を招いて診断の上看病人を付け、また蒲団も三枚ほど余分に与えられ、寒さを防ぐための湯たんぽなども手当てされて以来、山川氏は次第に元気になっていき、二週間ほど過ぎると、漸《ようや》く独房から出されて言葉を交わせるようになった。

翌三月の二十日に、大阪事件の容疑者たちは、それまでいた大阪府の監獄本署から堀川監獄へと収監換えになった。しかし発病から一カ月ほど経ち、最悪の状態は脱したとはいっても、依然として市郎の容態は芳《かんば》しくなく、

山川氏は病気のため寝棺のような釣台に乗せられて、（中略）表情はやつれ、最も痛々しい有り様であった。（同上書）

明治二十年九月二十四日、第一審判決が言い渡された。山川市郎は無罪放免であった。奇《く》しくも判決日は、西南戦争の終結日、すなわち西郷隆盛の命日（明治十年九月二十四日）からちょうど十年目に当たった。

（へっ。西郷が俺を助けてくれたのかね）

旧幕時代、薩邸浪士たちとともに戦った市郎にとって、西郷隆盛は上官筋であり、また同志であった。だが実は市郎を助けた者は他にいて、市郎自身もそれに気付いていたのである。

他の者たちの判決は、天野政立は外患罪で軽禁錮一年六カ月、大矢正夫と佐伯十三郎、難波春吉はみな外患罪と強盗罪で軽懲役六年、黒田黙耳は免訴（不起訴）で、明治十九年

の十二月にすでに釈放されていた。大井憲太郎や小林樟雄らは上告したが、天野ら神奈川グループは第一審で刑が確定した。

釈放される頃には、市郎はもうすっかり回復していた。その釈放の数日前、市郎は佐伯と言葉を交わすことができた。

「佐伯、本当にすまねえ。恩に着るぜ」

「山川さん、貴方《あなた》は我々にとって大事な人です。その貴方の力になれて、こんな幸せなことはありません」

「よせよ、大事だなんて」

「いいえ、本当です。貴方は我々の仲間の中で唯一、幕府を倒した人ですから」

「そんな大層なもんじゃねえよ。ちょっと陣屋に手を出して、後は逃げ回っていただけだ」

「いいえ、私は士族だから、よく分かります。あの強大な徳川幕府を、いや武士の世を、貴方たちは力ずくで終わらせた。あの幕府が倒れる日が来るなんて、我々士族には想像だにできませんでした。いや、想像するのが怖くてできなかった、といった方が正しいかもしれません。何しろ、自分たちが支配階級であることが、終わってしまう訳ですから」

「……」

市郎は無言で聞いていた。ひと呼吸置いて、佐伯は続けた。

「内心では、世の中の変革が必要だと分かっていても、我々にはどうすることもできませんでした。どうしたらいいのかすら分からなかった。だから、私は貴方を尊敬していました。口には出しませんが、天野さんや黒田さんも同じ気持ちだと思います」

天野も黒田も士族だった。

「……」

市郎はまだ無言だった。何と言っていいか、分からなかった。

「その貴方の知恵や経験が、これからの我々の活動にはどうしても必要なんです」

「……ありがとよ」

「後の事、宜しくお願いします」

「ああ、分かった。待ってるから、早く出てこいよ」

この時佐伯は、市郎が獄中で大病を患《わずら》って非常に難儀したのを見て、このままでは市郎が獄中で死んでしまうかもしれないと仲間たちと案じ、市郎の身代わりとなって市郎を無罪放免にしたとの話が、今も山川家の子孫に伝わっている。

では、実際に身代わりになったのはどの罪状なのか。また、身代わりはそもそも事実なのか。そういったことは何も分からない。ただ、子孫がそう信じるからには、市郎本人がそう言っていたのか、または事件に詳しい第三者から聞いていたと思われるので、それなりに信憑性《しんぴょうせい》はあると思われるのである。

5

明治二十年秋、漸《ようや》く市郎は、故郷の愛甲郡飯山村に帰ってきた。昨年（十九年）の一月九日に逮捕されて大阪へ送られて以来の故郷であった。

「あなた、お帰りなさい」

「ああ、ただ今」

えんと子供たちが玄関に集まってきた。

「本当に、無罪で良かった」

痩《や》せ衰えた市郎の顔を見て、えんは涙ぐんだ。しかし、晴れて我が家に帰ってきたというのに、市郎の心境は複雑だった。

「だが、まだ仲間たちは牢屋の中だ。素直には喜べねえ」

「はい」

えんは市郎の体に寄り添い、市郎を家の中へと導いた。

その後数日間、市郎は故郷に帰ってきて安心し、長い監獄暮らしでの疲れが一気に出てきたのか、寝込んでしまった。特に病気ではないのだが、意識が朦朧《もうろう》としていた。

ふと市郎が薄目を開けると、枕元に法界寺の住職、北条存嶺がいた。

「おい坊主、葬式は止《よ》せ。……俺はまだ死んじゃいねえぞ」

「分かっとるわい。心配させおって」

存嶺は涙ぐんでいた。

「本当に、よくぞ無事に帰ってきた」

「……牢屋の中でチフスに罹《かか》った時は、もう駄目かと思ったがな」

「良かったのう。ところで今日は、名医を連れてきてやったぞ。ほれ」

そう言う存嶺の横には、白衣を着た石井道三がいた。

「市郎さん」

「……道三か。しばらく見ないうちに、立派な医者になったな」

「……」

道三は黙って市郎の顔を見つめていた。

「……俺は、苦しむ民を放っておけず、旧幕時代から明治になっても、ずっと戦ってきた。しかし、まだまだ苦しむ民は多い。これからも戦い続けなければならん」

「はい」

「……それなのに、仲間たちの多くはまだ牢屋の中だ。それに、俺の体もかなり弱っちまった。もう、かつてのように動き回れねえかもしれん。……無念だ」

次第に市郎の息が荒くなってきた。

「市郎さん。どうか、もう楽にして下さい」

心配して道三が言った。

「……これだけは、……お前に言っておきたい」

「はい」

道三は市郎の口元に耳を近づけた。

「……道三、頼む。……立ち上がってくれ」

そう言うと、再び市郎は深い眠りに落ちていった。

市郎の家を後にした存嶺と道三は、帰り道に小鮎川の川辺で休憩した。

二人は無言で、小鮎川の川面《かわも》を眺めていた。

「もう、あの陣屋の襲撃から二十年経った。早いもんじゃのう」

「はい」

「どうじゃ。市郎の言う通り、立ち上がる気になったか？」

「……」

道三は黙って考えていた。

「道三。儂は思うんじゃが、二十年経っても、世の中はほとんど変わらんのう」

「しかし、お言葉ですが、将軍の世から天子様の世に変わりましたが」

「それはそうじゃが、儂が言いたいのは民のことよ。元より民はご維新の際、大政奉還や王政復古といった政権交代を期待していた訳ではない。税の軽減や免除、村役人の罷免《ひめん》といった、根本的な暮らしの改善を求めておったんじゃ」

「はい」

「しかし、相変わらず民の暮らしは苦しく、虐《しいた》げられている。そして、いまだに民の声は政府に届かん。いや、考えようによっては旧幕時代の方が、まだ民の声がお上《かみ》に伝わったかもしれん。一揆によって百姓が要求を勝ち取ることも、時にはあったからのう」

「……」

道三は黙って存嶺の言葉を聞いていた。

「荻野山中陣屋の襲撃も、今回の大阪事件も同じことよ。大阪事件でも、この辺りの役所や金持ちを襲撃し、軍資金を調達しておるじゃろう。二十年前の繰り返しよ」

「……」

「一度、民の意志が反映する政府を作らんと、このまま延々《えんえん》と、同じことを繰り返すような気がするがのう」

「……」

なおも道三は黙って、考え込んでいた。

「医者は確かに大変な仕事じゃろう。また、その仕事自体が民を救うことでもある。しかし、お主は今の生活に、何か物足りないものを感じておる。また情熱に身を焦《こ》がしたいと思っておる。あの陣屋を襲撃した頃のように。違うかな？」

「和尚、私は」

「なあに、無理することはない、できる範囲でいいんじゃ。できる範囲で、政《まつりごと》の世界にも入ってみたらええ。君の為《ため》、民の為に働くことが、お主の本願だと思うがのう」

「はい、考えてみます」

「実はな、道三。儂も今の住職に退屈しておってのう。還俗《げんぞく》しようと思っておるんじゃ」

「えっ、本当ですか？」

「本当じゃ。だから、お主もよく考えることじゃ。人生は一度きりだからのう。ほほほ」

この頃、北条存嶺は僧籍を離れ、法界寺と同じ下荻野村に住み、茶の栽培と製茶販売を手広く行っていたという。

一方石井道三は、この後政治の世界に入ることを決心した。『愛甲郡制誌』によれば、明治二十一年二月一日から三十二年六月三十日まで、十一年と五カ月にわたり、神奈川県会議員を務めている。確たる証拠は無いが、時期的に考えて、かつてともに戦った戦友であある山川市郎の生き様が、石井道三の政界入りに多少なりとも影響を及ぼしたのではないかと、筆者は考えている。なお道三は長寿で、昭和十二年一月六日、九十二歳で亡くなっている。

6

明治二十一年十月十二日、黒田黙耳が没した。まだ三十七歳という若さであった。小宮保次郎の日誌に「昨十二日黒田黙耳死去スト云」「旧友総代トシテ山川市郎出港ノ由」などとある。「出港」とあるので、厚木ではなく他の地で没したようだが、その地がどこか分からない。市郎が旧友総代として、現地に向かっている。

明治二十二年二月、大日本帝国憲法発布の恩赦によって、天野政立が出獄した。大井憲太郎や小林樟雄も出獄した。しかし、大矢正夫や佐伯十三郎、難波春吉らはまだ獄中であった。出獄後政立は大井に接触し、再び政治の世界に没入していった。そして翌二十三年には、政立は中江兆民や大井らとともに自由党の再興に尽力し、全国各地を遊説した。

明治二十二年四月一日、市郎の自宅がある飯山村は、近隣の村々と合併して小鮎村と名を変えた。その他の愛甲郡内の多くの村々も合併した。

明治二十三年七月。ついに、山川市郎はその小鮎村の自宅で臨終の時を迎えていた。大阪事件では無罪放免になったとはいえ、一年半以上獄中生活を強いられた上、そのさなかにチフスに罹《かか》ったこともあり、すでに彼の身体は蝕《むしば》まれていたのであろう。

七月九日、山川市郎は永眠した。享年四十八であった。

市郎が息を引き取った瞬間、えんは枕元で泣き崩れた。そして思った。

（愛してるわ、あなた。世界中の誰よりも）

傍《はた》から見れば、えんはこの不器用を絵に描いたような男に、貧乏のどん底を味わわされ、また無罪になったとはいえ「国賊」の汚名を着せられるなど、散々苦労させられたように見える。実際、市郎の死後、残された家族は辛酸《しんさん》を極めたという。

しかし、そんな男と結ばれたことを、えんは全く後悔していなかった。その男を尊敬し、誇りにさえ思っていた。同じ目標に向かってともに歩む同志として、信頼もしていた。それは、自由民権運動に情熱を傾ける夫を支えながら、自らも愛甲婦女協会を設立し、自由民権と女性解放の両運動に邁進《まいしん》していったことからも窺える。また大矢正夫などの青年壮士らを匿《かくま》い、献身的に援助したことからも窺える。もし夫を尊敬せず、結婚したことを後悔していたとしたら、そのような振舞いは決してできなかったであろう。

だからこそ余計、失って改めて、えんはその男の存在の大きさに、そして自分がその男を心から愛していたことに気付いたのであろう。

市郎の葬儀は、山川家の先祖代々の墓がある飯山金剛寺で営まれた。法名は「無底白水居士」で、前述の通り「白水」とは市郎の俳号である。自由党再建のための遊説で全国を飛び回っていた天野政立も、葬儀には参列した。その時、政立は心に誓った。

（山川さん。あんたの志は、俺が継いでやるからな）

その後、えんは健気《けなげ》に、女手一つで六人の子供を育てていたが、過労のためか、市郎が亡くなった八年後の明治三十一年九月二十二日に他界した。享年五十であった。

エピローグ

幕末・明治の志士である山川市郎の死を悼《いた》んで、後年編《あ》まれた『白水山川市郎翁追慕集』の序文には、天野政立の文章が掲載されている。その中の、政立の市郎を思う気持ちがよく表れている部分を引用する。

（前略）是乃山川市郎翁ノ追徳集也。嗚呼翁ノ世ニ在ルヤ、郷党頼テ以テ安ク後輩日ニ以テ進ム。其溘焉タルヤ群邪頭ヲ擡テ、郷俗頓ニ乱ル。此ニ於テ知ル、翁ガ丘山ノ虎豹潭淵ノ蛟龍ナルコトヲ。翁嘗テ奮然濁政ヲ洗滌シ、斯民ヲシテ自由ノ郷ニ逍遥セシメント欲シ、蹉躓大阪ノ擬獄ニ坐シ、断案踰年幸ニシテ、晴天白日ニ遭遇スト雖モ、素志ヲ達スル能ワザルヲ恨ミ居、常欝々大志ヲ懐キテ逝。焉誰ガ歎惜哀悼セザランヤ。而シテ斯集ノ傳ト不傳トハ、序言ニ因ラザル也。聊カ記シテ其責ヲ塞グト云爾。

明治二十三年　　　　　義堂　天野政立　識

現代語訳（筆者訳）

（前略）これは山川市郎翁の追徳集である。ああ翁が存命していた頃、郷党は安心して翁を頼り、後輩は日々成長した。翁の突然の死により、邪気が頭を擡《もた》げ、郷里の風俗は急激に乱れた。その時、翁が丘山の虎豹であり、潭淵《たんえん》の蛟龍であったことを、我々は思い知らされたのである。翁は嘗《かつ》て、奮然として濁政を洗浄し、民衆を自由の天地に導こうとしたが、失敗して大阪事件のために二年にわたって勾留《こうりゅう》されてしまった。幸い無罪放免にはなったが、元々の志を遂げられないことを翁は気に病み、常に欝々《うつうつ》として大志を抱きながら逝ってしまわれた。この翁の死を歎惜哀悼《たんせきあいとう》しない者などいようか。なお今回この追慕集に収められている文章は、全て皆さんに自由に書いて頂いたものである。ここに聊《いささ》かなりとも序文を記し、甚《はなは》だ不十分ではあるが、私の責任の一端を果たしたことにさせて頂きたいと思うのみである。

明治二十三年　　　　義堂　天野政立　記す

義堂とは、天野の号である。

天野政立は自由党内で党務に専念していたが、明治二十五年二月の第二回衆議院選挙以降は、妻八重の病気を機に当時自宅があった大磯に戻り、翌年七月に妻が亡くなるまで看護に専念した。その後、政立は中央政界から身を引いて地方自治に力を注ぎ、大磯町助役や平塚町長などを歴任し、他にも太田村（伊勢原市）や川口村（藤沢市片瀬）、箱根組合村などの村政に携《たずさ》わった。政立は大正六年一月三日に、六十四歳で亡くなった。村政に携わった縁であろうが、政立の墓は藤沢市片瀬の龍口寺にあり、「天野政立君之碑」と書かれた大きな顕彰碑が建っている。篆額《てんがく》は板垣退助、撰書は牧野随吉《ずいきち》である。また墓地の一角には、天野が愛した言葉である「先憂後楽」の文字を刻んだ石碑も建てられている。

大矢正夫と佐伯十三郎、難波春吉の三人は、出獄後の明治二十七年十一月、まさに日清戦争のさなかに朝鮮に渡った。彼らの渡航目的は大矢の自叙伝によれば、「旧因縁を有する朝鮮に渡り、自己の為、又国家の為に、画策するところあらん」とされているが、結局は大阪事件の時に果たせなかった思いを、今回果たそうとしたのであろう。

その後、大矢は明治二十九年に帰国し、政治の世界から身を引き、昭和三年七月十三日に六十六歳で永眠した。また佐伯は、仁川《インチョン》の総代役場の書記に採用されたが、コレラに罹《かか》り朝鮮で亡くなった。彼の墓碑銘に記された命日は明治二十八年九月十九日であり、享年四十一であった。最後に難波は、明治二十八年十月八日に起きた、朝鮮王妃の閔妃《びんひ》殺害事件に関与した。事件後、難波は広島監獄に収監されたが、広島地裁は被告全員を免訴にし、うやむやのうちに難波は釈放された。後《のち》、再び難波は朝鮮に渡ったらしいが、その後の詳しいことは分かっていない。彼は昭和五年三月二十二日、朝鮮で没した。六十七歳であった。

今、大矢、佐伯、難波の三人は、仲良く厚木市中荻野の戒善寺に眠っている。

主要参考文献（本文中に書名を掲げなかったもの）

『夜明け前』島崎藤村（岩波書店）／『幕末の志士』高木俊輔（中央公論社）／『それからの志士』高木俊輔（有斐閣）／『ええじゃないか』高木俊輔（教育社）／『幕末維新変革史（上・下）』宮地正人（岩波書店）／『歴史のなかの『夜明け前』』宮地正人（吉川弘文館）／『世直し』佐々木潤之介（岩波書店）／『世直し』佐々木潤之介 編（三省堂）／『世直し』田村栄太郎（雄山閣）／「幕末変革期における国学者の運動と論理」芳賀登『日本思想大系五一』（岩波書店）／『西郷隆盛（上・下）』井上清（中央公論社）／『黒駒勝蔵』加川英一（新人物往来社）／『博徒の幕末維新』高橋敏（筑摩書房）／『清水次郎長』高橋敏（岩波書店）／『偽勅使事件』藤野順（青弓社）／『自由民権』色川大吉（岩波書店）／『大矢正夫自徐伝』大矢正夫 著　色川大吉 編（大和書房）／『厚木市史近世資料編（三）文化文芸』厚木市教育委員会 編／『荻野山中藩 平成二一年度厚木市史発刊記念展示図録』厚木市教育委員会 編／『厚木近代史話』厚木市史編纂委員会 編／「慶応三年荻野山中藩陣屋事件ノート」市川雄基『神奈川県立図書館紀要 第七号』／「慶応三年十二月相州荻野山中陣屋焼打事件について」藤野泰造『関東近世史研究 第九号』関東近世史研究会 編／『よみがえる群像』大畑哲（神奈川新聞社）／『続よみがえる群像』大畑哲 編（神奈川新聞社）／『大矢正夫小伝』大畑哲／『かながわ自由民権探

索』大畑哲（夢工房）／「ある民権家遺族の手紙」大畑哲『かながわの婦人（創刊号）』神奈川婦人運動史研究会 編／『大阪事件の研究』大阪事件研究会 編著（柏書房）／『大阪事件』町田市立自由民権資料館 編／『福田英子』村田静子（岩波書店）／『妾の半生涯』福田英子（岩波書店）／『所世録』天野政立 著 自由民権百二十周年建碑実行委員会 編／『相模人国記』飯田孝（市民かわら版社）／「神奈川自由民権の旅（三）」飯田孝『かながわ風土記 第四七号』（丸井図書出版）／『厚木の商人』鈴村茂（神奈川情報社）／『県央史談』県央史談会 編／『厚木・愛甲の民権家たちの足跡』内藤佳康 編 自由民権百二十周年建碑実行委員会 監修／「佐伯十三郎略伝」内藤佳康『自由民権 第一一号』町田市立自由民権資料館 編／『あつぎの女性』さがみ女性史研究会「さねさし」編／『続・あつぎの女性』さがみ女性史研究会「さねさし」編／『続々・あつぎの女性』さがみ女性史研究会「さねさし」編／『時代を拓いた女たち 第二集 かながわの一一一人』江刺昭子 編著、史の会 編著（神奈川新聞社）／『愛甲の民権家を訪ねて』県央地区民権運動百年記念実行委員会 編／『津久井町史 通史編 近世・近代・現代』相模原市教育委員会 編／『津久井町史 資料編 近世2』津久井町史編集委員会 編／『城山町史 六 通史編 近世』城山町 編／『極意相伝 第一巻』平上信行 編（愛隆堂）／『厚木市医師会百周年記念誌』厚木市医師会一〇〇周年記念行事委員会 編／『黄色いチラシ』（荻田印刷）／『文芸あつぎ』（文芸あつぎの会）／『養蚕を担った女たち』大森かほる

【著者略歴】

山本盛敬（やまもと　もりたか）筆名。本名は小林民彦。
１９６８年横浜生まれ。大学卒業後、自動車メーカーに入社。主に海外部門に所属し、十年間勤務。退社後、早稲田大学大学院アジア太平洋研究科修士課程修了。

【著書】

『小説　横浜開港物語
佐久間象山と岩瀬忠震と中居屋重兵衛』
『西郷隆盛　四民平等な世の中を作ろうとした男』
『英明と人望　勝海舟と西郷隆盛』
（いずれも発売：星雲社、発行：ブイツーソリューション）

立ち上がる民衆
相州荻野山中陣屋襲撃から自由民権運動へ

2016 年 12 月 15 日　初版第 1 刷発行
著者　山本盛敬
発行所　ブイツーソリューション
〒466-0848 名古屋市昭和区長戸町 4-40
電話 052-799-7391　Fax 052-799-7984
発売元　星雲社
〒112-0005 東京都文京区水道 1-3-30
電話 03-3868-3275　Fax 03-3868-6588
印刷所　藤原印刷
ISBN 978-4-434-22735-6